IL TACCUINO ROSSO
(The Unexpected Love)

CAPITOLO 1

Daniel e le sue scoperte

Daniel passeggia per Firenze, è la prima volta che si trova in Europa da solo, e Firenze emana bellezza, sontuosità; resta incantato alla vista della Cattedrale di Santa Maria del Fiore, del Campanile di Giotto, ogni angolo è una meravigliosa scoperta. Daniel scatta delle foto, gira dei video, prende degli appunti sul suo Taccuino Rosso, in cui sono riportati pensieri, impressioni, segreti… magari un giorno lo farà leggere a qualcuno, ma è troppo personale, li sono racchiusi i suoi pensieri più intimi, più personali. Il Taccuino Rosso custodisce anche dei pensieri per Lei che non lo ha quasi mai lasciato. Daniel spera sempre in un colpo di fortuna, chissà dove, come, quando.

Daniel è nato a Kleinburg in Ontario Canada, in una cittadina dal fascino un po' fiabesco dove tutto sembra più lento, ovattato d'inverno ed inebriante d'estate. I suoi genitori sono di origini irlandese-italiane lei, e tedesco originario della Baviera lui. Daniel ha una sorella più giovane, Greta, con la quale da piccolo ha condiviso tantissimo, dai giochi, alle giornate dove doveva prendersene cura, perché i genitori erano impegnati al lavoro tutto il giorno. Daniel ama sua sorella ma a volte per il suo carattere la sopportava ben poco.

Perché il pensare a Lei non lo abbandona, Lei si manifesta nei momenti più inaspettati, anche in una città meravigliosa come Firenze, dove l'impatto visivo con i monumenti, l'arte, i profumi, il vocìo delle persone, sono così ingombranti, ma Daniel poi pensa…., quanto conta una gioia se non puoi condividerla? Un pensiero che ora vuole accantonare, perché le meraviglie della città sono ovunque, vuole andare a vedere il Ponte Vecchio. Daniel indossa gli auricolari ed ascolta i *Nirvana con Come as you are*.

Con questa musica la città assume un aspetto più rock ai suoi occhi, anche le persone sembrano più rock, lo spirito di Kobain si manifesta ovunque.

La musica.... come la musica abbia forgiato il pensiero di Daniel e lo abbia spinto ad esplorare l'arte, la letteratura, la storia, il mondo... Daniel pensa di essere lontano dalla destinazione, il Ponte Vecchio; invece, controllando la sua posizione sul navigatore, capisce di essere quasi arrivato. Sente il rumore delle acque, gira l'angolo e finalmente vede, anche se in lontananza, il famoso Ponte Vecchio. Scatta subito una foto, con la luce del tramonto i colori sono magnifici e l'opera sembra ancora più bella. Daniel scopre una bellezza che prima non conosceva, l'antico continente con la sua storia crea trasporto, innesca pensieri, su come l'uomo possa interpretare la bellezza attraverso l'arte, le opere architettoniche, e pensa che l'Italia sia meravigliosa, ma ora è tempo di un aperitivo.

Alla ricerca di un posto dove prendere un aperitivo italiano, non distante dal Ponte Vecchio in una traversa intravede dei tavolini e sente in lontananza una musica italiana sembra swing, swing in Italiano?

Più si avvicina al bar e più la musica diventa più chiara e cerca di ascoltare con attenzione quella canzone, si si è proprio swing! In italiano? Mai sentita prima d'ora. Daniel trova per fortuna un posto per sedersi, è tutto occupato, ci sono turisti da tutto il mondo, ed anche dei fiorentini. Sa che se ci sono anche delle persone del posto sedute nel locale, la qualità del cibo sarà più che buona, poi in Italia il cibo è sublime. Un occhio all'orologio, sono le 19.24, la giornata è volata, arriva il cameriere, è d'obbligo ordinare un bicchiere di Chianti con l'aperitivo della casa, e poi chiede al cameriere chi canta questa canzone? Egli risponde Sergio Caputo, lui è un grande, e questo disco "Un sabato Italiano", è tra i più belli, subito Daniel cerca su YouTube Sergio Caputo (non aveva capito bene come si scrivesse il nome) ma YouTube lo aiuta .... E lo trova.... Un'altra canzone di Sergio Caputo .... "Io e Rino" ma questa è ancora più bella...

Di fianco al tavolo di Daniel (mentre la musica di Sergio Caputo risuona in strada, il locale affaccia in una piccola piazza) ci sono due ragazze che parlano spagnolo, lui coglie alcune parole della loro conversazione, e sente la parola Mendoza, beh sicuramente saranno argentine.

Infatti, una è di Mar del Plata un posto di mare e di vacanza in Argentina, e l'altra appunto di Mendoza, Capitale del vino del Sud America. Daniel, parla un po' di spagnolo anche perché il suo amico, Rodrigo, di Kleinburg è di origine argentina, ed ogni volta che tornava dal Sud America gli portava dei dolci buonissimi, gli Alfajores. Daniel inizia a parlare con Mercedes e Valentina, entrambe molto affascinanti, hanno un look travel chic un po' intellettuale, inoltre hanno quella gioiosità tipica delle persone del Sud America…. Chissà come andrà a finire la serata?

CAPITOLO 2

Aperitivo a Firenze

Mercedes è una pianista mentre Valentina lavora nell'azienda vinicola di famiglia. Daniel cosa fa nella vita? Non lo sa neanche lui, per lui, questo è l'anno delle decisioni, di quello che vorrà fare da grande, ma per decidere ha davanti a sé un anno, il suo anno sabatico.

Davanti ad un buon Chianti ed un aperitivo toscano tra prosciutto, affettati, formaggi ed altro ben di dio, le conversazioni tra i tre si inanellano tra risate e cin cin. La cornice è Firenze, dove Brunelleschi, Giotto, Michelangelo, Leonardo Da Vinci, Botticelli ed altri hanno arricchito la città con la genialità delle loro opere. Daniel ad un certo punto gioca una carta a sorpresa citando una pianista, *Hania Rani* e Mercedes lo guarda con stupore chiedendogli come fa a conoscere Hania Rani che è una pianista bravissima, e Daniel, racconta che ha una passione per la musica sin da piccolo.

Mercedes ha dei lineamenti molto netti, con occhi azzurri cielo ed una carnagione chiara, è meravigliata, e chissà cosa ha veramente pensato. Valentina segue con attenzione la conversazione ed ordina una bottiglia di Chianti, ed essendo esperta di vino, chiede un Chianti del 2015. Mercedes dopo la citazione di *Hania Rani*, osserva Daniel con occhio diverso come se avesse qualche interesse a capire e conoscere un po' di più questo ragazzo canadese di Kleinburg. Valentina entra nella conversazione e chiede a Daniel cosa faccia nella vita?

Lui ridendo risponde: "Nullaaaaa ahhh" e parte un altro cin cin con il Chianti del 2015, che al primo sorso crea un inaspettato piacere al palato.

Wooww, dice Daniel, questo Chianti è buonissimo, brava Valentina! E si avvicina per abbracciarla e le dà un bacio sulla guancia. Valentina spiega che il 2015 per i vini italiani è stata un'annata eccezionale, una delle migliori degli ultimi anni e qualsiasi vino italiano di quell'anno risulta ottimo .... Mentre la musica in diffusione del locale cambia, ora c'è un avvocato astigiano che suona e canta, *Paolo Conte*, e Mercedes un po' brilla, dopo due note del brano, si alza in piedi e con il bicchiere di vino in mano pronto per un altro brindisi, ed a voce alta, dice: AMO QUESTA CANZONE e quasi tutti si voltano ricambiano il cin cin ed in molti applaudono, alla bionda e statuaria argentina, si, sembra una vera festa ….. la canzone è *Vieni via con me*.

Daniel pensa tra se e se ma guarda che bella serata fiorentina, sono con due sconosciute e mi sto divertendo come non mai, sono in una città incantevole, ascoltando della splendida musica e bevendo dell'ottimo vino, per un attimo si intristisce, si estranea dal contesto, il pensiero lo porta a Lei, lui vorrebbe averla accanto, in questo posto, con questa gente, con questa musica. Lei aveva un modo di fare unico, era perfetta, sapeva sempre come agire e capiva Daniel al volo…. la sua metà… quella che incontri forse una sola volta nella vita, nella sua testa risuona una canzone alla quale erano legati Nothing compares 2 U di *Prince*, e lo assale un po' di tristezza.

Ma ad un certo punto la musica nel locale cambia ancora, Valentina prende sottobraccio Daniel e lo porta a ballare, inizia l'aperitivo con il dj che sembra bravo, perché ha aperto la serata con un brano degli **HVOB**! Siii balliamo… noooo il dj ha mixato i

Beach House mitooo,

poi **Bob Moses & Zhu,**

Colplay che serata, FIRENZE TI AMOOO !!!

Il Dj è ROB BAS, sono capitati nella serata giusta, la serata è *Dj Stars from the Globe in Firenze*, a sorpresa, i DJ famosi suonano in alcuni locali ed uno è proprio questo!! Ecco perché era così bravo, Daniel non se lo spiegava. La musica che mixa ROB BAS ha un ritmo incalzante, li trasporta in un mondo liberatorio e poi è bellissima, non è quella martellante che a volte stanca, ballano tutti ma quando mette un pezzo dei **Depeche Mode**, anche Mercedes si fionda in pista a ballare e cantare a squarciagola **Enjoy the Silence**, yes this is amazing! What a night

CAPITOLO 3

Mercedes

Sono le 05.24 del mattino, la notte è volata via tra risate, balli, qualche bacio fugace e tanta musica. Daniel ha baciato Mercedes in un momento di trasporto e lei ha ricambiato, mentre Valentina ad un certo punto è sparita con un gruppo di spagnoli. Verso le 03.30 del mattino, Daniel e Mercedes hanno lasciato il locale e sono andati a fare un giro in centro, la città era semivuota e le strade silenziose sembravano diverse.
The Cure The Last Dance

Mercedes racconta a Daniel che suonerà a Milano tra una decina di giorni ad una manifestazione dal titolo Piano City, lei è una pianista multimediale e il suo repertorio è fatto di improvvisazioni e di composizioni classiche con influenze elettroniche. Lo spettacolo di Milano sarà improntato sulla proiezione del Film di Federico Fellini, La Dolce Vita, e lei suonerà il piano improvvisando durante la proiezione del film. Daniel resta ipnotizzato e sorpreso dal racconto di Mercedes e subito le dice che sarà presente alla sua perfomance. Per un attimo i loro sguardi si incrociano, sono in Piazza della Signoria, la bellezza del luogo è disarmante, il trecentesco Palazzo Vecchio e le statue allineate davanti al Palazzo sono opere di Michelangelo, di Baccio Bandinelli, il David è sontuoso, è una copia ma si percepisce la grandezza e la genialità di Michelangelo, la scultura del Bandinelli, l'Ercole e Caco non regge il confronto anche se ben realizzata. In piazza c'è anche la bellissima Fontana del Nettuno di Bartolomeo Ammannati, un posto magico per un bacio, e bacio sia. Mercedes e Daniel si abbracciano come due amanti, non dicono nulla, le parole non servono, mano nella mano si fermano al centro della piazza, per ammirarne la bellezza baciata dalle prime luci dell'alba. Mercedes, di fronte a tanta magnificenza, esprime un pensiero: "Le note sono come il materiale per costruire un palazzo; i mattoni sono uguali per tutti i palazzi, ma i palazzi non sono mai uguali. E questa piazza rappresenta per me un po' questa regola".

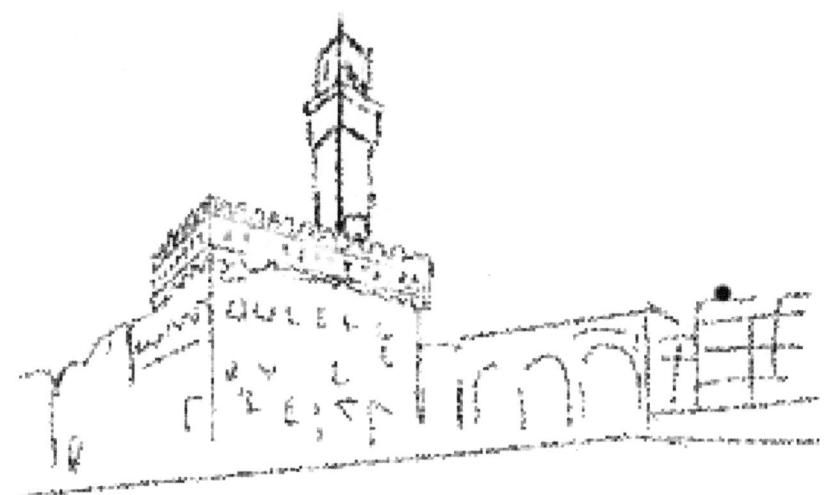

Daniel scopre di essere assieme ad una persona non comune, la cui sensibilità e bellezza colpiscono, si perché Mercedes è bellissima, potrebbe fare la modella. Arriva un messaggio sul cellulare di Mercedes, è Valentina. Mercedes la chiama subito e parlano in spagnolo, hanno un treno alle 15:24 con destinazione il Sud Italia, la Campania. Valentina ha origini Sannite e saranno ospiti dei suoi parenti vicino Benevento per alcuni giorni. Mercedes dice a Daniel che deve andare in albergo a riposarsi e poi partiranno. Anche lui partirà oggi, andrà in Abruzzo da alcuni parenti di sua madre, una parte della sua famiglia vive ancora lì, a Vasto in provincia di Chieti sul mare.

M: Dai che ci rivediamo di sicuro, ecco il mio numero di cellulare.

Daniel non se lo aspettava, ti manderò un messaggio per darti la data della mia serata a Milano.

Si sente una voce in lontananza, "Mercedes, Daniel "è Valentina con una sua conoscente spagnola Roberta, anche lei è nel loro stesso albergo, eccola, arriva. Valentina con uno sguardo un po' incuriosito e malpensante chiede "Cosa è successo? Ehhh?

M: Ma no nulla, ho baciato Daniel, guardalo è bello no?! E l'ho baciato! Ridono tutti, Daniel da un bacio sulla guancia a Mercedes, guardateci siamo belli o no? Ahh risate sì che siete belli anzi bellissimi. Sono tutti stanchissimi della lunga nottata, e decidono di andare a riposare, è quasi giorno.

Daniel saluta Mercedes e Valentina con un lungo abbraccio con la promessa di rivedersi a Milano, poi Valentina si allontana e Daniel e Mercedes si abbracciano di nuovo, la prossima volta sarà solo per noi, dice Mercedes sottovoce.

Daniel risponde: quando sai che una cosa è giusta, lo sai immediatamente e tu Mercedes lo sei per me .... Selfie insieme siiii... bella questa! Te la mando! ok!

Con gli auricolari e la musica di Sergio Caputo, la sua nuova scoperta, Daniel si incammina verso l'albergo, "Mercy Bocù" gli fa compagnia:

La tua storia lascia un po' a desiderare, fermo un tassì
Guastarti la serata, no, non è chic
Confidarmi col tassista mi diverte molto di più
"Mi lasci pure all'angolo e diamoci del tu"
La vita è bella, ciao, mercy bocù

Guardo le vetrine piene di bigiotteria
Scarpe parigine, reggicalze, campionari di tappezzeria
Lì c'è un manichino che somiglia a te
Sfoggia un tailleurino giallo senape

Non vederti più
Farci una risata su
Non vederti più
Già dimenticata, pure tu

Uno stock di giapponesi mi travolge
Me e la mia verve
E sparisce tra le fauci di un hotel
L'ottimismo ricomincia a pilotarmi per la città
Un'insegna verde menta mi promette un whisky bar
Un juke-box sussurra "wasciù-wariu-và"

Daniel: Sergio Caputo you are a genius!

Copyright Sergio Caputo

CAPITOLO 4

Daniel arriva finalmente in albergo, lo sguardo cade immediatamente sul suo Taccuino Rosso, lo sfoglia, ed il Taccuino si apre dove c'è una foto di Lei, è una foto scattata sulle cascate del Niagara, dove la forza impetuosa delle cascate funge da contrappunto alla naturale bellezza di Michelle, in uno dei posti tra i più belli al mondo, insieme alla sua meraviglia, di sempre, Michelle. Michelle ha lontane origini francesi, Daniel l'ha incontrata per la prima volta alla scuola elementare di Kleinburg, su Islington, non sono mai stati in classe insieme, ma durante la ricreazione Daniel la ritrovava sempre in cortile, ed era già bellissima.

Michelle ha frequentato quella scuola fino al Grade 9 perché seguiva i corsi in Francese, poi ha proseguito la scuola superiore, e l'Università a Toronto con una Laurea in Antropologia. La sua passione per lo studio dell'uomo e della sua natura, l'ha portata in giro per il mondo per le sue ricerche ……. Lei è sempre nei suoi pensieri, Daniel si addormenta con la sua foto in mano, da diverse ore è già domenica.

Sono le 11:24 di domenica e Daniel si prepara per partire per l'Abruzzo, doccia veloce e preparazione del bagaglio. E' troppo tardi per la colazione in hotel. Controlla velocemente gli orari dei treni Firenze > Bologna 14: 20 poi alle 16:00 il treno per Vasto San Salvo. Si avvia verso la Stazione di Firenze, per fortuna l'hotel non è molto distante e Daniel si gode ancora l'architettura, i suoni, i profumi di questa meravigliosa città…..

Daniel arriva alla stazione Santa Maria Novella e anche se è domenica, è piena di gente. La stazione venne progettata negli Anni Trenta e rappresenta una delle opere più rappresentative del *Razionalismo Italiano.* "Secondo tale stile, teorizzato solo in seguito, la struttura di un'opera doveva riflettere la sua funzione. Essa rappresentò il primo esempio in Italia di stazione eretta secondo una logica di funzionalità moderna" (cit wikipedia).

Ha tempo per una colazione veloce, fila interminabile al Bar ma Daniel ha fame, ordina il menù colazione, cappuccino cornetto e spremuta d'arancia, altra fila al banco …. Ma finalmente lo servono, si appoggia su l'unico posto disponibile, una sorta di tavolo alto, rotondo e scomodo, dove ripone il vassoio. Il rumore di fondo è fastidioso, c'è tantissima gente che si muove in maniera frenetica, si sentono tante lingue diverse, spagnolo, inglese, francese, cinese… un melting pot unico.

Daniel mette su gli auricolari e sceglie una playlist? E' indeciso: ah sì questa dal titolo" Everybody here wants you con Jeff Buckley.

Daniel si dirige verso il binario, arriva il treno, è in perfetto orario, il viaggio sarà breve solo una quarantina di minuti poi la coincidenza per Vasto San Salvo. Daniel prende posto, e via si parte, il treno è pieno, uno sguardo alle foto di ieri sera sul telefono, che divertimento, Mercedes è bellissima, ed anche Valentina stupenda. Gli arriva un messaggio sul cellulare, sono delle foto, non ha il numero in memoria, non sa chi sia, sono foto di ieri sera, bellissime, sarà Valentina, il prefisso è +54, si è lei, che belle queste foto, nooo c'è anche un video con Mercedes, che bella serata, si è proprio Valentina che firma il messaggio. Daniel le risponde inviandole una sua foto seduto sul treno facendo una faccia ironica e poi inserisce un bacio e risponde che ha trascorso una serata fantastica ieri sera, che fortuna avervi incontrato, aggiunge un cuore con la promessa di rivedersi a Milano.

Daniel pensa che la vita sia sempre piena di sorprese e la possibilità di scegliere, è una libertà preziosa, "ogni giorno ti svegli ed hai una seconda possibilità di fare quello che vuoi, di essere chiunque tu voglia". Il treno viaggia ad una velocità elevata, Daniel è seduto al lato del finestrino, ma il tragitto è pieno di gallerie, tra un tunnel ed un altro, ci sono come dei flash di luce con i colori della campagna italiana, ma non riesce a vedere il panorama perché il treno vola, la Freccia così chiamano i treni ad alta velocità in Italia, è veramente una freccia. La luce ed i colori si proiettano sulle persone sedute nella carrozza, come se venissero scattate delle foto con il flash, Daniel sta ascoltando Jeff Buckley, la musica ed i flash di luce trasportano Daniel sul set di un immaginario film di Wenders.

CAPITOLO 5

Bologna

Daniel è appena arrivato alla Stazione di Bologna, ha un po' di tempo per la coincidenza, si dirige verso la sala centrale della stazione dell'alta velocità, la scala mobile lo porta dove ci sono i monitor con tutti i treni in partenza ed in arrivo. La nuova parte della stazione è di recente costruzione, è interrata ed è solo per i treni ad alta velocità. Invece la storica stazione di Bologna Centrale, purtroppo nota per il tragico attentato del 1980, è rimasta intatta. Un' occhiata ai monitor, bene il suo treno parte dalla vecchia stazione e sembra in orario. Daniel segue le indicazioni per arrivare al binario giusto, ha controllato più volte il numero del treno, è facile confondersi, Intercity 611 partenza alle ore 16.00 dal Binario 4, c'è tempo per un caffè. Al bar sente parlare in inglese, due ragazze con lo zaino, hanno un accento familiare, Daniel pensa, sono canadesi for sure! Si avvicina e chiede di dove siete? Una risponde di Hamilton e Daniel io di Kleinburg!! Oh Canada.... Un accenno all' inno canadese "risate"

Our home and native land!
True patriot love in all of us command.
With glowing hearts we see thee rise,
The True North strong and free!
From far and wide,

Beh siamo ovunque, io sono Daniel!! Io Rebecca ed io Gloria,
D: Dove siete dirette?
R: A Venezia

D: Splendid! Città unica al mondo, un incanto, sono stato con i miei genitori.

Per un bambino Venezia è un posto magico, come può realmente esistere? Non ci sono strade, ma canali, non si usano le auto, ma le barche, mah difficile da credere. La vera essenza di Venezia si scopre nelle sue stradine poco battute, nelle piazze meno note, è lì che si respira la vera natura del luogo. I suoni della città sono diversi, ovattati, chi vive in città non è abituato, ma si abitua subito al nuovo ambiente e lo accetta con piacere.

G: Quante volte sei stato a Venezia?

D: Credo quattro volte ed ho avuto sempre sensazioni differenti, il rapporto con la città risulta diverso, perché la città è diversa, l'uomo trasforma i segnali che riceve dal luogo, come dialogo privilegiato, la storia, l'architettura, i profumi, l'accento i suoni, creano un ponte con il visitatore …… scusate sto divagando…ahhh risate…

Le due canadesi guardano Daniel meravigliate, la descrizione di Venezia è passionale e crea curiosità nelle due turiste.

R: Cosa fai in Italia, sei in vacanza, studio o lavoro?

D: In vacanza, ho dei parenti in Italia e sto andando a trovarli, starò lì per qualche giorno poi girerò un po' per il paese

R: Sud o nord?

D: Sud, Vasto è sul mare in Abruzzo, non ci sono mai stato, vedremo, ora devo andare, magari ci vediamo in Canada ad Hamilton, buone vacanze.

Daniel si dirige verso il binario, un controllo sui monitor, il treno è in orario, la stazione è affollata, ma ha visto di peggio. Auricolari, cellulare, parte una musica in automatico, è un concerto di *Hania Rani @ ARTE Concert's Piano Day* che spettacolo, è stupendo lei è una grande artista!

L'attesa per il treno, grazie alla musica di *Hania,* diventa un osservatorio, i volti delle persone, gli atteggiamenti, le loro gestualità con la musica in background, si trasformano in movimenti ritmici, una sorta di balletto sincronizzato, come un musical, la magia della musica innesca meccanismi inaspettati.

Daniel ha sempre avuto una passione per la musica, non sa perché, ma l'ha sempre avuta. Anche Michelle ha sempre appoggiato questo suo interesse, ed insieme hanno visto tantissimi concerti. Daniel ricorda che Michelle venne rapita da un concerto dei *Dead Can Dance* al Music Hall di Toronto, ne parlò per settimane.

Daniel nei momenti più impensabili si immerge nei ricordi che la mente ripropone con una sua inspiegabile logica, una canzone, un profumo, un libro, una foto, diventano catalizzatori per la mente, lo riportano a ricordare quel momento, quella serata, quella festa, quella emozione. Ma l'emozione più importante di Daniel, è ben custodita ed è la più preziosa di tutte, è quella del primo bacio con Michelle, lo ricorda benissimo, dopo una giornata trascorsa insieme al parco con altri amici, eravamo piccoli, andavamo ancora alle medie, tutto avvenne nell'atrio del suo palazzo, i tre minuti o forse meno, più pazzeschi del mondo, il primo bacio con la ragazza più bella dell'UNIVERSO, il mondo per Daniel cambiò in un istante tutto era diventato più leggero pieno di colori, più di non sa cosa …… era Michelle, Michelle bellissima da sempre …… chissà se è ancora viva, dov'è ora? sono trascorsi più di due anni e mezzo senza avere sue notizie. Daniel si intristisce di colpo.

Kleinburg

"Il treno Intercity 611 in partenza da Bologna e diretto a Bari Centrale è in partenza al Binario 3 anziché al Binario 4, prima classe in coda al treno."

Daniel si dirige al binario, controlla il biglietto, carrozza 4 posto 11 A, raggiunge la carrozza, il treno non è completamente pieno, al momento al suo fianco non ha nessuno, ha un posto vicino al finestrino, ha scelto quel posto perché vuole godersi il panorama, il viaggio durerà quasi 5 ore sarà lungo.

CAPITOLO 6

Si parte direzione Abruzzo.

La giornata è parzialmente nuvolosa, potrebbe piovere in serata, il meteo dà pioggia leggera a Vasto dopo le 21.00. Daniel dopo una decina di minuti di viaggio si addormenta, sta accusando le poche ore di sonno della scorsa notte. L'IC macina chilometri e in poco più di un'ora si intravede il mare Adriatico. Daniel cerca di dormire ma in carrozza alcuni passeggeri parlano ad alta voce, altri rispondono al telefono, per fortuna il gruppo di persone più chiassoso scende nella stazione di Riccione. Daniel si riaddormenta mentre il treno si dirige verso il Sud Italia. Dopo circa un'ora Daniel si sveglia, il convoglio ha appena lasciato la stazione di Ancona. Daniel ha scaricato delle informazioni sulla città di Vasto, ricca di storia e di luoghi da visitare. Si ricorda sin da piccolo che il piatto tipico della città è il Brodetto Vastese, una preparazione a base di pesce fresco leggera e saporita ed è la prima cosa che vorrà assaggiare. Su internet ci sono diverse foto della città, c'è anche Vasto Marina dove si svolge la vita estiva con spiagge e locali etc. La famiglia di sua madre ha origini Vastesi, il loro cognome è Colavitti ed hanno sempre lavorato nel settore edile.

La costa Adriatica che si intravede dal treno è piena di colori e la ricca vegetazione inebria di profumi diversi le carrozze del treno. Finalmente arriva a Vasto San Salvo. Una delegazione di parenti attende Daniel alla stazione, e viene accolto con il tipico calore delle persone del sud. Fatte le dovute presentazioni, si dirigono verso la residenza dei Colavitti, lo zio di Daniel è un architetto, ha studiato in Svizzera ed uno dei suoi Professori è stato Aldo Rossi il primo architetto italiano a vincere nel 1990 il Premio Pritzker. L'abitazione si affaccia su un panorama mozzafiato con il mare che riflette le luci della città di mare, si trova un po' fuori dal centro di Vasto e ci si arriva da una strada panoramica. E la vista riempie immediatamente lo spirito trasferendo un senso di bellezza, un percorso sensoriale inaspettato arricchito dai profumi delle piante. La casa singola con un bel giardino è stata disegnata dallo zio Ottavio, è una architettura con accenni al modernismo, si intravede anche uno stile Bauhaus ripreso nelle finestre, una casa meravigliosa. Gli arredi sono un composit di pezzi di design come le sedie disegnate da Aldo Rossi per Molteni, c'è una lampada stupenda di Giò Ponti dei primi anni 30, l'abitazione è arredata seguendo un po' la filosofia di arredare con oggetti che evocano altri oggetti. Daniel è incantato dalla ricchezza culturale e dal gusto di questa famiglia e sono suoi stretti parenti, sarà un soggiorno molto interessante.

Lampada Giò Ponti

Ora di cena e ci sono anche dei lontani cugini tra gli ospiti. La tavola è ricca di bontà, tra antipasto di mare, spaghetti alle vongole, il pecorino, un vino che Daniel non aveva mai assaggiato, tutto scorre tra racconti risate e brindisi. I parenti di Daniel sono simpatici e raccontano aneddoti di quando erano piccoli, e tra i racconti c'è anche sua madre.... sulle feste in spiaggia ci ritorneranno, perché sono tante le serate trascorse, tra Vasto Marina ed il litorale Adriatico. Anche se il luogo non gli appartiene Daniel si sente a suo agio, percepisce un legame mai provato prima, le sue origini in parte arrivano anche da li. Daniel è stanco e finalmente va a letto, gli hanno dato la stanza degli ospiti, con alle pareti dei poster di eventi teatrali ed una stampa di un De Kooning "Donna Seduta del 1940 ". Sul tavolino, Daniel nota subito una lampada, crede sia una Holophane, ha una forma sferica su base laccata in nero, risalente forse agli anni 60, è stupenda. Inoltre, intravede una delle sue riviste preferite, San Rocco, ma è troppo stanco e si addormenta.

CAPITOLO 7

Sono le 07.00 del mattino e nella sua camera c'è un chiarore che illumina la stanza. Daniel sposta una tenda che copre una porta finestra ed il panorama immediatamente lo rapisce, apre l'anta ed in lontananza la vista del mare, le spiagge di Vasto Marina ed i profumi della macchia mediterranea diventano inebrianti sensazioni. L'ampio balcone permette di ammirare la bellezza del luogo, la casa dei suoi parenti ha una vista invidiabile. La suggestiva varietà cromatica ed olfattiva che lo circonda alimentano i pensieri di Daniel, che lo portano lontano. Pensa alla sua Michelle, vorrebbe che fosse lì con lui per ammirare questa inattesa bellezza.

I luoghi d'incanto come questo, conducono Daniel in un percorso mentale dove Michelle, puntualmente si manifesta, divenendo "ponte" tra i due mondi, il terreno e l'ultraterreno. Il pensiero ricorrente di Daniel è "come vorrei che fossi qui con me". Indossa i suoi auricolari e parte *Headlights on the Parade, The Blue Nile,*

la musica diventa elemento di connessione, congiunzione e produce ricordi. Daniel rammenta senza motivo una massima di Goethe sulla musica, forse per i suoi trascorsi in Italia *"la dignità dell'arte si svela nella musica in modo eminente, dato che essa non ha una materia con cui debba fare i conti."*

Dal basso si leva una voce, è sua zia che lo invita a scendere in cucina per la prima colazione. Daniel scende giù in cucina e porta con sé una copia della rivista San Rocco, una rivista di architettura, è il numero 3 del 2011 Mistakes, la rivista è scritta in inglese e Daniel viene affascinato da un articolo su di una villa in provincia di Milano e che probabilmente andrà a visitare.

"Villa Conti is a single-family house in Barlassina (a village north of Milan) by Mario Asnago and Claudio Vender. Asnago and Vender restored (re-made) this villa in 1958. Villa Conti is full of mistakes, so much so that we do not even know which one to begin with. It is modern merely in order to collapse the banality of the villa, and it is banal merely in order to ridicule modernism. The villa is pink, with thin steel columns attached here, a greenhouse there, a pitched roof that somehow becomes a sheet covering a wood-panelled rotunda with a steel staircase, a crazy façade with two round windows and a modernist-looking bow window inserted in the roof. At Villa Conti, Asnago and Vender's architecture of small adjustments (small deviations from a substantially unquestioned rule) makes a quantum leap: *the number of exceptions overturns the rule. The result is surprisingly radical. Villa Conti looks like "everything you should never do". It looks like an early work by Frank Ghery, but Italian, bourgeois, provincial, spoiled, eclectic, lazy and strangely cool". Courtesy San Rocco Magazine*

Colazione con gli zii, caffè, succo d'arancia, etc., Daniel assaggia un dolce, il Fiadone, tipico del periodo pasquale ma che in casa Colavitti c'è quasi sempre, soprattutto quando ci sono ospiti, gli ricorda la cheesecake, ma meno dolce, proprio ottimo! Finita la colazione Daniel sale in camera, doccia veloce, oggi andrà in spiaggia, nel mentre arriva un whatsapp, è Mercedes che scrive, dicendo che sono arrivate a Benevento dai parenti di Valentina! Daniel chiama Mercedes.

D: Allora?! come state?

M: Bene! Che piacere sentirti

D: Racconta, racconta

M: Siamo arrivate a Benevento, siamo in un appartamento in città tutto per noi, non siamo più andate al paese perché la casa è in ristrutturazione, e siamo in un alloggio piccolo ma bello, nel centro storico, in Piazza Piano di Corte, tu sei arrivato a Vasto?

D: Sì qui è una meraviglia, ti faccio una videochiamata, e ti mostro il panorama.

M: Ok.

D: Guarda che spettacolo Mercedes, esce sul balcone della sua camera ed inquadra il panorama di Vasto con la marina in lontananza.

M: Che bello magari veniamo per qualche giorno al mare, non è lontano da dove siamo, ti facciamo sapere, lo chiedo a Valentina, ci sentiamo Daniel un beso.

D: Un bacio Mercedes vi aspetto.

Daniel è attratto da Mercedes, c'è una chimica, non come quella che aveva con Michelle ma c'è, e rimane addosso, inoltre Mercedes è bellissima. Rientra in stanza, c'è un piccolo impianto hifi con lettore cd, e radio, un Tivoli, color ciliegio, bello, tutti gli oggetti presenti nella casa degli zii sono ricercati, creano un dialogo armonico con l'ambiente, è un mix tra moderno ed antico ma soprattutto c'è buon gusto. Ci sono dei cd, Daniel vuole ascoltare qualcosa di italiano e sceglie Eduardo de Crescenzo, il cd dal titolo Cante Jondo, è attratto da questo titolo e ne cerca il significato.

Il **Cante** *hondo o* **cante jondo** *è uno stile vocale del flamenco, una forma non degradata di musica folclorica andalusa, il cui nome* **significa** *canzone profonda. Generalmente le comuni classificazioni tradizionali dividono il Flamenco in tre gruppi di cui le forme più profonde e serie sono conosciute come* **cante jondo.** *(Wikepedia).*

Daniel sceglie tra i titoli presenti nel cd Van Gogh, parte il brano, Daniel resta meravigliato dall'arrangiamento, ma che bello:

E tu... e tu girasolie tu non so se riposiLe lavandaie a Saint Remyno non vanno piùGiù lungo il fiumenel giallo nel blu la tua folliae dentro te
dentro di te cipressi in fiammeE no, e no, e no
il tuo tormento...

Mentre ascolta De Crescenzo, Daniel prepara la borsa per il mare- Daniel si rende conto di non avere il costume, deve comprarne uno, borsa pronta, telo da mare, crema solare, cappello, e l'immancabile Taccuino Rosso. Con suo cugino si dirigono verso Vasto Marina, c'è traffico ma per fortuna è scorrevole. Daniel gli chiede di ascoltare un po' di musica. Il cugino si chiama Alberto e collegano il telefono con la playlist. Albe, così lo chiamano gli amici, studia al Politecnico di Milano, frequenta il corso di Design della Comunicazione e mentre Daniel cerca la playlist, gli chiede perché ha scelto quel corso.

Alberto: Sai avevo letto qualcosa su Manovich, ed ho sempre avuto la passione per la comunicazione e la tecnologia, le idee di Manovich sono vicine ai miei

pensieri, una di queste recitava:
"Poiché la distribuzione di tutte le forme culturali si basa ormai sul computer ci stiamo sempre più interfacciando con dei dati prevalentemente culturali: test, fotografie, film, musica, ambienti virtuali. In sostanza non ci stiamo più rapportando con un computer, ma con una cultura in forma digitale."
Cit. Lev Manovich

D. Interessante Manovich.
A: Milano è una città molto stimolante, è sicuramente la città italiana più internazionale di tutte, poi il Politecnico di Milano è tra i migliori atenei della Nazione.
D: Hai una compagna?
A: Sì si chiama Claudia è di San Salvo, stiamo insieme da un po'.
D: San Salvo è qui vicino? La stazione si chiama Vasto San Salvo quindi le città sono vicine immagino.
A: Sì un quarto d'ora da Vasto Marina.
D: Io andrò a Milano per un concerto di una mia amica argentina che ho conosciuto a Firenze, farà una performance in città, è una pianista magari andiamo insieme.
A: Si ottima idea, io tra l'altro dovrò passare in Università, sai quale giorno?
D: No, ma lo saprò a breve.
Intanto trovano parcheggio a Vasto Marina, la playlist non è mai partita. Daniel crede che questo viaggio in Italia, in questo momento della sua vita, possa essere la genesi di nuove idee e la costruzione di un nuovo abito mentale. È ciò di cui ha veramente bisogno dopo la scomparsa di Michelle in Nicaragua. Michelle è scomparsa circa due anni e mezzo fa, faceva parte di una missione di ricerca vicino al confine con il Venezuela, si sono perse le sue tracce, le autorità locali credono che sia stata vittima di un'aggressione, tutte le ricerche non hanno portato a nessun risultato. Daniel ne soffre tantissimo ancora oggi. Daniel pensa che il dolore possa servire come la felicità? Mah!? intanto Michelle gli manca tantissimo.
Bene, auto parcheggiata, si va al negozio di una conoscente di Alberto per acquistare il costume. Daniel trova subito il modello ed il colore giusto, modello a pantaloncino con laccio e color amaranto scuro e misura una L. Albe scambia due chiacchiere con la proprietaria del negozio e presenta Daniel.
A: Lui è mio cugino arriva dal Canada.
La proprietaria risponde che, anche la sua famiglia ha dei lontani parenti a Montréal ma sono anni che non vengono più in Italia. Vuole sapere quanto tempo si ferma a Vasto?
D: Non lo so, per alcuni giorni, poi Albe ed io andremo a Milano per un concerto di una mia amica e girerò un po' l'Italia, vorrei andare sul Lago di Como. In

negozio in sottofondo c'è una canzone Youth dei Daughter che Daniel conosce benissimo. Bella musica è una radio? No, si tratta della playlist di un suo amico, Pier.

Daniel riceve un whatsapp da Rodrigo, il suo amico di Kleinburg, è in Italia, lui gioca a calcio ed è in Italia con la sua squadra per un torneo. Daniel gli scrive subito chiedendo maggiori informazioni, su dove alloggia e per quanto tempo sarà in Italia, ma non riceve subito risposta.
Si dirigono verso la spiaggia, i parenti di Daniel prendono un ombrellone per tutta la stagione al Lido la S. di Vasto Marina.
Il camminare su quella sabbia, innesca dei flashback in Daniel, immediatamente affiorano dei ricordi di quando trascorreva parte delle estati e delle vacanze con i genitori al mare. Quando erano piccoli andavano in vacanza in Florida, a Fort Lauderdale, è lì che per la prima volta Daniel ha scoperto il mare, ricorda che sua sorella Greta non voleva mai fare il bagno perché riteneva che l'acqua dell'Oceano fosse sempre troppo fredda.
D: Devo chiamare Greta per salutarla e sapere come sta, e cosa fa.
Daniel si dirige verso l'acqua che tocca dopo tanto tempo, con il fondo sabbioso, acqua chiara, pulita, non fredda come quella dell'oceano, e poi è bassa, c'è la bassa marea e si può arrivare ad una secca, e l'acqua arriva al massimo al ginocchio, a Daniel piace il Mare Adriatico!

CAPITOLO 8

Daniel chiede: c'è ancora un Pub che si chiama Wast Coast o un nome simile, mia mamma mi parlava sempre di questo panino, la Lucciola.
A: Si c'è, si chiama Wast Coast Pub e credo ci sia ancora il panino la Lucciola, si mangia bene da loro.
D. Allora dobbiamo andarci, magari stasera, dai organizziamo!
A: Si avverto Claudia.
Mentre Albe parla al telefono con Claudia, Daniel va verso il mare per un tuffo ed è il suo primo bagno della stagione. L'acqua è alla temperatura giusta non è troppo fredda ma la sensazione di freddo appena ti immergi c'è, ma dopo due bracciate il corpo si abitua ed il bagno è subito piacevole. Dal mare si vede un panorama magnifico, il litorale abruzzese è ricco di macchia mediterranea, è colorato, è pieno di vita, Vasto è proprio una bella città.
Arriva in acqua anche Albe e gli conferma che ci sarà anche Claudia questa sera, con lei altre amiche, sarà una bella serata.
D: Yess.
Un lungo bagno in mare. Daniel crede che questo viaggio sia un'esperienza a 360 gradi, un'esplorazione anche interiore, che rivela origini nascoste e appartenenze inimmaginabili. Secondo lui, le esperienze diventano una sorta di feritoie, attraverso le quali è possibile scorgere e osservare il mondo che ci circonda con maggiore lucidità e comprensione.

Daniel torna sotto l'ombrellone, Alberto gli aveva detto che sarebbe andato via perché aveva degli impegni. Daniel prende il Taccuino Rosso dallo zaino, in cui vi sono delle frasi, dei pensieri, dei momenti della vita di Daniel soprattutto con Michelle.
Secondo lui, Michelle ha delle qualità uniche, intelligenza, intraprendenza, determinazione, bellezza, eleganza, per Daniel lei è un sicuro abbozzo di capolavoro. Riguarda una loro foto, forse una delle più belle, era inverno, faceva freddo, e Klienburg con la neve diventa magica, loro due davanti ad un Caffè Bar in un pomeriggio felici e spensierati, Daniel gira la foto e dietro un pensiero di Michelle, *Con te mi sento esattamente dove dovrei essere, mi sento a casa. Love you M.*

Daniel guarda quella foto e per qualche minuto rivive quel pomeriggio, erano andati in mattinata in città per fare la spesa e si erano fermati in un shopping Mall per un lunch veloce. Nel Mall, c'era la diretta ad un evento di una radio di Toronto, che trasmette anche in italiano, Chin Radio. Daniel a volte la segue, perché si sente anche un po' italiano e trova la musica italiana stupenda.
Tra le canzoni che gli sono rimaste impresse ce ne sono un paio, una delle quali è:

Dormi e Sogna degli Avion Travel
La notte ti somiglia
è nera nera nera nera nera nera nera nera
e sembri una creatura sincera
l'amore mio non sbaglia
sei vera vera vera vera vera vera vera
vera e bella e dormi sulla mia spalla
la notte mette dubbi
ed è pianura nera che confonde
le parole della sera
la luna mi somiglia
Fa finta di dormire
e poi si cerca delle ombre sulla faccia......

Daniel ha scoperto che il cantante degli Avion Travel, Peppe, è il fratello dell'attore Toni Servillo, protagonista del Film *La Grande Bellezza* di Paolo Sorrentino. Un'altra canzone, che ha scoperto questa volta da sua mamma, è Liberi Liberi di Vasco Rossi.

La madre di Daniel aveva tantissimi cd del Blasco. Per Daniel, Vasco riesce a parlare all'anima di un estraneo, lui centra il dna delle persone, che si riconoscono nelle canzoni, non tutti riescono a farlo, lui ci riesce benissimo, he is a genius!! Daniel crede che la musica "Rock" favorisca l'inclusione, alimentando un movimento culturale invisibile, ricco di idee, di energie, di differenze, di contaminazioni e Daniel anche per questo adora la musica, e sa anche che senza di essa, sarebbe stato sicuramente una persona molto più povera intellettualmente. Impulso del cellulare, è un messaggio di Rodrigo, finalmente risponde…. Si trova con la squadra a Como per un torneo, e sarà in Italia per circa una settimana. Ottima notizia perché forse riuscirà a vederlo!

Daniel gli risponde: Sarò a Milano nei prossimi giorni e magari ci vediamo, Como non è molto distante e poi avevo già previsto un giro sul lago, ottimo Rod!

Rod: Sarebbe fantastico vedersi in Italia Daniel! Ci aggiorniamo.

Daniel si spalma un po' di crema solare, deve fare attenzione, i primi giorni di mare possono essere rischiosi per le scottature solari, lo sa molto bene perché anni fa si ustionò in Florida perché non usò la protezione solare e da allora è sempre molto previdente. Nel frattempo, il lido si riempie di turisti, sente anche qualche parola di tedesco, francese, ha voglia di un caffè e va verso il bar del lido.

Arriva al bar e la ragazza dietro al bancone, gli chiede se è il cugino di Alberto. Daniel è stupito della domanda e si chiede come faccia a saperlo. La ragazza risponde: conosco Albe da tantissimi anni, e mi aveva accennato che sarebbe arrivato un suo cugino dal Canada, poi la sua famiglia prende l'ombrellone per la stagione da noi praticamente da sempre, io sono di Vasto, la città è piccola e ci conosciamo un po' tutti. Come lo vuoi il caffè?

D: Macchiato grazie.

Daniel scorre i messaggi di whatsapp per controllare se qualcuno ha scritto, tutto tace, chissà cosa fa Mercedes con Valentina. Dopo la chiamerà.

Caffè pronto.

D: Grazie, quant'è?

Nulla, questo lo offriamo noi come benvenuto!

D: Grazie, molto gentile a dopo.

Daniel ritorna verso l'ombrellone, mette su le cuffie e lancia una sua playlist, partono "The XX Intro Long Version", che bello questo pezzo!

Daniel si rilassa in spiaggia ascoltando la sua playlist n° 3

La mattinata è volata, è ora di pranzo Daniel si fermerà al lido e non tornerà a casa. Squilla il cellulare, è Albe che conferma che questa sera andranno al pub a cena, e dopo serata in giro per Vasto Marina.

Daniel manda un whatsapp a Greta, sua sorella, mentre si gode la spiaggia …. Sorella come stai? Scatta una foto della spiaggia di Vasto. Poi registra un vocale nel quale racconta degli zii ed un po' dell'Italia e le dice che Rodrigo è a Como per un torneo di calcio, e forse lo incontrerà. Greta non è online e non vede in tempo reale il messaggio, in Canada sono le 07.34 del mattino. Daniel va verso il lido per il pranzo, non sa cosa prendere, il menu è ricco, e si decide per un primo, Ravioloni con ricotta e mazzancolle. Daniel ha con sé il Taccuino Rosso e, dopo aver ordinato sfoglia il libricino ed arriva su una pagina che recita *Love Never Die. A* Michelle era piaciuto moltissimo questo Musical, forse è la continuazione del Phantom of the Opera? Ma Daniel non ne è certo. La sala ristorante inizia a riempirsi, il vocio delle persone e la musica in diffusione del lido si fondono in un suono mutevole, emergono le voci dei bambini, delle parole, delle risate, l'italiano è una lingua molto musicale, pensa tra sé e sé Daniel. Arriva la sua portata, il profumo è invitante, non ha mai assaggiato questo piatto. La pasta fresca è tutta un'altra cosa, l'equilibrio del piatto è ottimo Daniel è più che soddisfatto della scelta, e pensa che la cucina italiana sia insuperabile. La giornata passa velocemente in spiaggia, e Daniel è appagato, ha sentito anche Greta che gli ha raccontato che ha visto un suo amico a Kleinburg e che lo saluta, tutti chiedono di lui in città. Arriva Albe, per portarlo a casa, allora ti è piaciuta la giornata al mare?

D: Si il posto è magnifico, poi il mare è stupendo, l'acqua non è fredda come quella dell'Atlantico, qui puoi restare a mollo tutto il tempo che vuoi. Non vedo l'ora di uscire questa sera, Vasto città e Vasto Marina sono proprio belle, Albe si va al Wast Coast pub confermato?

A: Si certo così potrai assaggiare il famoso panino la Lucciola.

D: Si sono anni che lo sogno.

Si dirigono verso la macchina, Daniel osserva l'architettura che lo circonda, Vasto Marina ha le caratteristiche della tipica cittadina di mare, poco frequentata d'inverno, e pienissima d'estate. Il lungomare centrale con delle palme imponenti è un po' il centro della cittadina, Albe è al telefono e Daniel mette su gli auricolari.... parte *Book Of Your Heart U2* immediatamente lo spirito di osservazione di Daniel cambia,

la musica riesce in pochi istanti a produrre un isolamento elettivo e Daniel diventa spettatore privilegiato di quel luogo. Arriva un whatsapp, è Mercedes che scrive "Benevento è magnifica, una cittadina piccola e ricca di storia, arrivano anche delle foto e tra queste c'è l'Arco di Traiano, molto simile all'Arc de Triomphe di Parigi", che bello pensa Daniel.

Mercedes gli propone di andare qualche giorno a Benevento e poi organizziamo un salto al mare da te? Ho controllato, non è lontano.

Daniel risponde subito di sì! Sarebbe magnifico, poi mi piacerebbe visitare l'Hortus Conclusus di Mimmo Paladino, dicono sia stupendo, ho fatto qualche ricerca sulla città sannita. In realtà Michelle gli aveva parlato più volte di Paladino.

M: Si dai organizziamo, fammi sapere.

Albe ha finito la telefonata. Allora cugino tutto ok?

D: Si qui mi sento un po' a casa, Mamma mi ha sempre raccontato di Vasto, dell'Abruzzo e delle estati trascorse sulla riviera adriatica. In viaggio verso casa, radio a palla in macchina I GOTTA FEELING "Black Eyed Peas, cantano a squarciagola, questa sì che è vacanza.

Arrivano a casa, Daniel saluta gli zii, scambiano due chiacchiere sulla giornata al mare e racconta che la ragazza del bar del lido gli ha offerto il caffè dandogli il benvenuto. Lo zio di Daniel risponde che non aveva dubbi, sono anni che si conoscono e vanno da sempre presso il loro stabilimento. Daniel si dirige in camera per una doccia e riposarsi un po'.

CAPITOLO 9

*L'Orso Ruta Tour, la Lucciola,
la musica Disco.*

Bene pronti per uscire, serata stellata, con luna crescente e clima mite, questa sera Daniel conoscerà Claudia la fidanzata di Albe, Daniel indossa una t-shirt con una stampa del film Big Wednesday -un mercoledì da Leoni- un film della fine degli anni '70 che narra la passione di tre amici per il surf, bermuda e sandali, abbigliamento perfetto per una serata sulle coste adriatiche. Appuntamento in Piazza Rossetti, Claudia avverte Albe di un leggero ritardo, Daniel ed Albe si incamminano per il centro di Vasto, la zona è pedonale. La città fu molto cara a D 'Annunzio e definita dallo storico Marchesani: *"Non ultima tra le più vetuste d'Italia, tra le più favorite dalla natura, una città che non poche ragioni avrebbe ad essere di frequente menzionata "*

Daniel chiede ad Albe tu sei stato all'estero, hai fatto dei viaggi? Albe risponde pochi, sono stato in Grecia a Corfù qualche anno fa, sono stato a Parigi e Barcellona ma spero il prossimo anno di fare l'Erasmus in Spagna, non lo so, deciderò nei prossimi mesi.

D: Ascolta, mi ha scritto la mia amica argentina Mercedes, è con la sua amica a Benevento, mi ha chiesto se volevo andare a fare un salto da lei e visitare la città, ci andiamo insieme?

A: Perché no, non è molto lontana Benevento, magari lo dico a Claudia, partiamo la mattina e torniamo la sera.

D: Si grandioso Benevento ARRIVIAMO, le scrivo subito. Ciao Mercedes, si abbiamo deciso di venire a Benevento in giornata con mio cugino e la sua ragazza, ti farò sapere il giorno, besos.

M: Ottimo se vuoi tu puoi dormire da noi e poi ripartiamo per Vasto dopo qualche giorno, io e Vale andremo in albergo, facciamo qualche giorno di mare, e poi si va a Milano, il mio concerto ci sarà tra dieci giorni.

D: Si ottima idea ti aggiorno.

A: Ho visto che hai quasi sempre con te un Taccuino Rosso, che cosa rappresenta?

D: Ma no, niente, scrivo delle cose, pensieri, disegno qualcosa che mi piace, un po' un diario personale, Daniel è molto evasivo sul *Taccuino Rosso*

La madre di Daniel che ha trascorso tantissime estati a Vasto raccontava di un tour serale "l'Orso Ruta Tour" un giro di locali della città con un gruppo di amici che comprendeva un drink alla caffetteria da Ivo, nel centro storico, poi un giro per i vari locali e la serata si concludeva con una passeggiata sul belvedere, nel tour spesso si andava a mangiare il famoso panino la Lucciola al Wast Coast Pub, dove andremo stasera.

Finalmente arriva Claudia, la fidanzata di Albe, con lei ci sono due sue amiche, Mirella e Giovanna. Fatte le dovute presentazioni, fanno due passi in centro prima di andare al Pub.

Claudia chiede subito a Daniel cosa ne pensa di Vasto?

D: La città è magnifica, il mare, le spiagge, le differenze tra la marina e la città, sono un bel contrasto, è un posto dove verrei volentieri in vacanza, poi mia Mamma mi ha raccontato che le estati qui, sono sempre state spensierate e divertenti, è qui a Vasto che ha incontrato mio padre; quindi, c'è un legame speciale con questi luoghi.

Daniel nota la bellezza di Claudia che sembra uscita da un marmo del Rinascimento, inoltre Claudia parla un ottimo inglese perché ha studiato in Inghilterra, si profila una serata molto interessante, le altre due amiche ancora non sono entrate nella conversazione.

Passeggiata terminata, si dirigono al locale, Albe racconta che questo è il pub storico della città, non ne è sicuro ma forse è il primo pub in assoluto. Il pub si trova nei pressi di piazza Rossetti in un vicolo. Entrano e c'è posto, il locale è intimo ed accogliente, Daniel sogna il panino la Lucciola da anni.

Guardano i menù e arriva il cameriere per l'ordine, le ragazze prendono dei panini, il primavera, caprese, etc, Albe ordina un Mozzafiato.

D: Interessante la tua scelta, lo proverò la prossima volta., Albe che conosce gli storici proprietari, racconta che suo cugino Daniel che arriva dal Canada, ha chiesto di venire ad assaggiare il famoso panino la Lucciola, perché sua mamma ne ha sempre decantato la bontà, non pensavamo di essere così famosi risponde uno dei proprietari, beh ci fa molto piacere …… ordini fatti, dopo pochi minuti arrivano le birre alla spina per Albe e Daniel, e per le ragazze i succhi, acqua etc.

Al tavolo, le conversazioni si inanellano tra curiosità, racconti e risate, poi Daniel scopre che Mirella, l'amica di Claudia, è un'antropologa come Michelle, non riesce a nascondere sul suo volto l'improvvisa tristezza che si manifesta senza preavviso, tutti al tavolo notano il viso provato di Daniel da un qualcosa, ma non capiscono il nesso. Per fortuna arrivano i panini e tutto scompare. I profumi sono invitanti, finalmente il panino Lucciola tanto desiderato. Daniel osserva per un attimo il panino e poi dà il primo morso, è proprio come se lo aspettava, un equilibrio di sapori, gli ingredienti e le fette di pane leggermente tostate alla piastra, si fondono in un mix unico, Daniel scatta una foto del panino e la spedisce a sua mamma:

Mamma guarda cosa sto mangiando, la Lucciolaaaa, Ti voglio bene, saluta anche papà.

Albe allora chiede: Com'è?

D: Molto buono, Lucciola forever, al tavolo tutti ridono, per loro è normale andare fuori e mangiare molto bene, in Italia il cibo è buonissimo, ma all'estero la qualità degli alimenti è diversa, e per gli stranieri il Bel Paese oltre al mare, alla storia ed il resto sono una piacevole scoperta anche sotto il profilo gastronomico.

La serata prosegue con un giro sul Belvedere di Vasto e poi un salto a Vasto Marina, si è fatto tardi, le amiche di Claudia sono molto simpatiche e la serata è praticamente volata via, Daniel è stato tempestato di domande sul Canada, la Florida ed in generale sulla vita in Nord America. Durante le conversazioni sono emerse le passioni di Daniel, in primis la musica, poi l'architettura, i viaggi, il design… sono anche arrivati ad una conclusione sulla musica Disco, "che all'epoca favoriva la mobilità sociale", e che gli Chic riuscirono ad intercettare la nuova classe dirigente di colore del paese… interessante analisi del fenomeno, chi l'avrebbe mai detto. Durante le varie conversazioni, è venuta fuori anche la genesi della canzone "Le Freak". Gli Chic vennero invitati da Grace Jones al party di Capodanno allo Studio 54 di New New York (siamo alla fine degli anni '70) ma si dimenticò di metterli in lista, e non riuscirono ad entrare, imbufaliti si recarono in studio e registrarono il provino di Le Freak e di lì a poco il pezzo scalò le classifiche di tutto il mondo. Giovanna con la quale Daniel ha trovato molti punti in comune, sa molte cose sulla musica perché lavora per una radio di Milano, e suo padre è un noto musicista, *"la mela non cade mai molto lontano dall'albero"*.

Si torna a casa ed in macchina la prima canzone da ascoltare è Le Freak degli Chic a tutto volume. Si va a letto, che bella serata, è molto tardi, domani mare, sole, spiaggia.

Sono le 08:34, Daniel si affaccia sul balcone della sua camera il paesaggio è sempre una nuova scoperta, i tagli di luce a seconda degli orari, mettono in risalto l'ambiente sempre in modo diverso e rendono il tutto incantevole. C'è una leggera brezza che risale dal mare, Daniel fa un respiro profondo, riempendo i polmoni con i profumi della macchia mediterranea, la sensazione di benessere è immediata. L'aria del mare è straordinaria, questi profumi li senti solo qui, in Canada sono diversi meno presenti. Colazione, sua zia ha lasciato tutto pronto, non c'è, si è recata al mercato. Daniel scende in cucina, porta con sé una rivista di Architettura e Design, il numero è dei primi anni 2000 e in prima pagina vi è Giorgio Armani, all'interno, una sua intervista, si parla del suo attico di New York. Daniel nella lettura dell'articolo e dalle foto pubblicate dal magazine, intercetta l'essenza dello stile Armani, la scelta dei materiali ed il dialogo dei colori utilizzati nella casa di Manhattan, creano un'armonica sequenza di continuità in tutti gli ambienti, e sono senza alcun dubbio i marker cromatici tipici dello stilista. Daniel crede che ci sia un collegamento ed una continuità di forma, anche nel progetto Armani Silos di Milano, dalle foto, dal sito, etc, lo stile è molto simile, ed emerge anche in quel contesto un'eleganza discreta, ed innovativa.

Armani Silos sarà una delle visite programmate nel capoluogo lombardo. Armani per Daniel, è veramente una star, la sua moda ha fatto il giro del mondo ed i suoi abiti sono delle vere opere d'arte.

Tra un po' si va al mare, Albe gli ha lasciato lo scooter per "scendere" giù a Vasto Marina, doccia veloce, borsa con bottiglietta d'acqua, telo, crema solare, Taccuino Rosso ed un po' di frutta. Gli zii gli hanno lasciato le chiavi di casa e gli hanno spiegato come inserire l'allarme. Bene direzione Vasto Marina. Giornata ideale per andare in spiaggia, Daniel saluta tutti al lido, il bagnino, la ragazza del bar, i vicini d'ombrellone, la spiaggia è una piccola comunità, se vai sempre negli stessi luoghi, ritrovi quasi sempre le stesse persone, anche se durante l'inverno non li frequenti per problemi di distanza, poi alla fine è un piacere ritrovarsi. Per Daniel, l'Italia è una continua scoperta, gli incontri con le persone, la visita dei luoghi, la conoscenza dei parenti. Si sta generando in lui una sorta di rappresentazione mentale, ricca di elementi, il tutto rigorosamente appuntato nel suo taccuino, per non perderne traccia. A volte Daniel tende ad isolarsi nel mondo delle idee, soprattutto dopo la scomparsa di Michelle, le manca tantissimo. Questo viaggio in Italia l'avrebbe voluto fare con lei. Michelle aveva un debole per il Bel Paese, apprezzava il cibo, i vini, la storia, la cultura etc, ed ha sempre seguito con interesse i lavori di Mimmo Paladino, un esponente della Transavanguardia Italiana, la sua passione è scattata dopo avere visto una mostra in Canada dell'artista Sannita, e Daniel andrà a Benevento a visitare l'Hortus Conclusus progettato proprio da Mimmo Paladino. Daniel sfoglia il Taccuino Rosso, gli appunti potrebbero essere spunto per canzoni, poesie, per un musical, mah chissà, le idee potrebbero diventare personaggi di un film. Squilla il telefono, è Albe.

A: Daniel domani possiamo andare a Benevento, Claudia si è presa un giorno di ferie, se per te va bene?

D: Si certo ma fammi prima sentire Mercedes e ti richiamo.

A: Ok.

Daniel chiama subito Mercedes.

D: Ciao Mercedes come stai?

M: Bene.

D: Se venissimo domani a Benevento?

M: Certo va bene, tu puoi fermarti qui qualche giorno da noi e poi andiamo insieme a Milano? potrebbe andare bene per te?

D: Si certo ma non volevate passare qualche giorno al mare?

M: No non c'è più tempo, il mio concerto è tra pochi giorni e poi vogliamo trascorrere qualche giorno a Como e se c'è la possibilità di fare un salto a Venezia.

D: Si va bene, allora ci vediamo domani un beso!

Daniel chiama Albe: Ok per domani, io poi resto a Benevento per qualche giorno e poi andremo a Milano, poi ti spiego.

A: Ottimo! domani partiamo con calma tra le 09.00 e le 10.00. A proposito stasera mamma ti farà assaggiare il Brodetto Vastese, è andata al mercato a comprare il pesce, vedrai che bontà.

D: Non ho dubbi, ci sentiamo dopo Albe.

Daniel va verso l'acqua, trova l'Adriatico un mare quasi fermo, immobile ma dotato di un movimento continuo, si siede sulla riva, sul bagna asciuga, poi si reca nei pressi dell'ombrellone del bagnino, sono disponibili delle sedute a forma di S, una sorta di chaise longue, non le aveva mai viste prima, ne prende una e si accomoda a riva, confortevole.

Questa vacanza in Italia sta procedendo velocemente. La storia, i monumenti e le architetture imprimono valore a ogni luogo. Mentre effettua un confronto con il Nord America, Daniel crea un parallelismo con questo valore, che però è diverso, ed è giusto che sia così. Il Vecchio Continente conserva la propria cultura, generando un impatto visivo, sensoriale e percettivo che talvolta richiede un'osservazione a 360 gradi per poterne cogliere appieno la completezza. Questo confronto nutre l'idea di "Il Mio Luogo". Daniel desidera comprendere meglio perché il raffronto tra i suoi pensieri sia così pervasivo in questi giorni. Forse perché ha accumulato sufficienti elementi per tale comparazione?

Poi la mente processa e costruisce percorsi mentali a volte senza una logica precisa. Daniel torna sotto l'ombrellone, deve mettere la protezione solare, mentre cerca nello zaino la crema, controlla i messaggi sul telefono, Rodrigo ha scritto che resterà almeno ancora una settimana in Italia perché hanno superato il primo turno del torneo.

Daniel gli risponde subito: allora ci vediamo, io sarò a Milano tra alcuni giorni, ti tengo aggiornato, ti presenterò delle mie nuove amiche.

R: Ottimo dai ci vediamo, e le tue amiche?

D: Belle e simpatiche, ci divertimento di certo, poi sono Argentine come te.

R: Non vedo l'ora, tienimi aggiornato.

Protezione solare, e musica, Durand Jones & The Indicators, Witchoo,

torna sulla sua chaise longue a riva, il cielo è a pecorelle, in arrivo pioggia nei prossimi giorni?

La mattina Daniel la trascorre alternando bagni al mare ed ombrellone, con sé sempre il suo prezioso Taccuino, tra i suoi appunti trova un passaggio su Tenerife

Tenerife è un'isola che possiede una forza invisibile. Un' attrazione inaspettata e tutti possono far parte di questo inspiegabile processo selettivo. Le reazioni umane sono diverse, soggettive c'è chi torna nella propria città e non smette di sentirsi a disagio, come se il luogo dove ha sempre vissuto gli appartenesse di meno, chi soffre di un senso di vuoto, chi pensa costantemente al ritorno nei pressi del Teide. Il Vulcano Teide con le sue eruzioni, ha espulso un magma che possiede un magnetismo inspiegabile, e che ha in qualche modo una relazione con la gravità terrestre. Dalle viscere della terra è venuta fuori una forza invisibile, che coinvolge le persone, non tutti sono candidati elegibili, ma "Lui" li seleziona con un processo naturale, ed inspiegabile. C'è un posto che si chiama Palm Mar dove è possibile seguire dei sentieri che costeggiano il mare, ad un certo punto anche se sei all'aperto non senti più rumori, tutto si attenua è come se ti trovassi in una sala d'incisione, (sarebbe bello registrare qualcosa dal vivo in quel posto, chissà che suoni verrebbero fuori) è una condizione unica, e solo in quel determinato spazio e luogo .... Teide sei una forza, sei imponente incuti anche un po' di timore, ma la tua naturale energia, diventa ponte con il mondo circostante, con i luoghi dell'isola, con le persone del posto. Inizialmente questa energia risulta troppo forte, e le persone non la reggono, per i primi giorni, sono irascibili, umorali, litigiosi, ma dopo qualche settimana i fenomeni si attenuano e si trasformano in vitalità, e forza interiore. Si scopre un senso d'equilibrio che si fonde con l'uomo, la natura, il mare l'isola, le persone. l'inspiegabile forza del Teide alle Isole Canarie.

Il testo ispirato da una vacanza di alcuni anni fa alle Isole Canarie.

Giornata splendida al mare, Daniel riguarda le foto ed i video fatti in Italia, oramai gli smartphone sono dei piccoli computer, e puoi scattare foto, registrare dei video con una qualità altissima. Daniel per non occupare spazio in memoria sul suo telefono, ha uno spazio sul cloud dove archivia tutto.

Nel cloud ci sono cartelle suddivise per anno, ogni tanto le riapre, ci sono dei video, delle foto, disegni, un po' di tutto. Avere accesso a questi ricordi in qualsiasi luogo del mondo ed in ogni momento è una grande libertà, basta avere una connessione internet ed il gioco è fatto. Questa libertà fa apprezzare ancora di più i ricordi, perché ogni volta vengono letti in contesti diversi, le percezioni non sono mai uguali, cambiano sempre, a volte di poco, a volte di molto. Scorrendo tra le cartelle ritrova un lavoro che Daniel svolse anni fa, la cartella è piena di foto ed appunti su David Bowie. La apre:

David Bowie e Vince Taylor.

David Bowie lo incontrò diverse volte, alla fine degli anni 50, e più volte negli anni 60, un artista che all'epoca aveva un discreto successo in Francia. Bowie definisce Vince Taylor, come un personaggio fuori dagli schemi, ma soprattutto fuori di testa. Ricorda perfettamente un episodio avvenuto nei pressi della metropolitana di Londra, alla fermata di Charing Cross, Vince portava spesso con sé delle cartine dell'Europa, le mise sul Marciapiede e con una lente d'ingrandimento ricercava alcuni luoghi, che poi evidenziava con una matita, David non ne capiva il motivo.

Quei marker, erano i punti esatti, dove nei mesi successivi, secondo lui, sarebbero atterrati degli Ufo. Bowie rimase stupito, ed incredulo innanzi a quella scena. Vince aveva la ferma convinzione di avere una special connection con gli alieni, e con Gesù Cristo. Questo folle contesto, ispirò Bowie qualche anno dopo, alla creazione, del personaggio di Ziggy Stardust.

Vince Taylor, ad un certo punto della sua carriera, durante un suo concerto in Francia, decise che fosse arrivato il momento di fare un'importante dichiarazione, si presentò sul palco indossando un saio bianco e dichiarò di essere Gesù Cristo, fu la fine della sua professione di cantante. Vince Taylor influenzò tantissimo David Bowie, ma le contaminazioni sulla costruzione di Ziggy, provenivano anche dal lontano oriente.

*Il personaggio Ziggy Stardust inglobava anche delle <u>caratteristiche teatrali del</u> <u>**kabuki**</u> (歌舞伎)<u>che indica un tipo di rappresentazione teatrale sorta in Giappone all'inizio del XVII secolo. Il costume di Ziggy Stardust venne disegnato da un designer Giapponese **Kansai Yamamoto**</u>.*

*Per David Bowie il nuovo personaggio, **Ziggy Stardust** era una **Alien Rock Star.***

The US Ziggy Tour ebbe inizio nel Settembre del 72, con sold-out shows e fu un vero evento all'epoca.

Ziggy Stardust fu l'unico esemplare del mondo del rock, autonomo, bisognoso della gente, bisognoso del pubblico, bisognoso dell'energia dei live concert, un vero archetipo, una Real Rock Star.
Gli ultimi concerti di Ziggy, che inclusero canzoni sia da Ziggy Stardust sia da Aladdin Sane, furono di una teatralità assoluta.

Con 182 date Ziggy visitò Gran Bretagna, Giappone e Stati Uniti, Bowie diede fine a quel periodo con l'annuncio del ritiro dalle scene del personaggio, durante il concerto all'Hammersmith Odeon di Londra, il 3 luglio 1973.

"Of all the shows on the tour, this one will stay with us the longest because not only is this the last show of the tour, but it is the last show we will ever do."

Daniel nel rileggere questo passaggio su Bowie rivive quel periodo, quando la full immersion sul personaggio nato a Brixton (Londra) lo travolse. In quel contesto Daniel scoprì le mille direzioni artistiche che Bowie ebbe nella sua carriera. David Robert Jones è il suo vero nome, un grande, una star di prima grandezza!
È il momento di ascoltare qualcosa del Duca Bianco David Bowie God Only Knows

Daniel arriva da un mondo che intreccia arte, musica, persone, artisti, è la sua curiosità a spingerlo il più delle volte al di fuori della sua confort zone, è in quel contesto che si innesca una vena creativa, che lo ha mosso a fare mille cose diverse. Gli piacerebbe che un giorno la scienza fosse un motore per la pace, al servizio del bene comune. Spesso si interroga su inspiegabili posizioni politiche, e sull'indifferenza in generale delle persone. Pensieri che affollano la mente di Daniel, lui vorrebbe trovare la maglia rotta nella rete, e non comprende questo eroismo dell'accumulo economico, così diffuso. Ecco il "rifugio" verso la musica, che considera come un fatto di intellettuale evasione.

Questa vacanza in Italia ha reso Daniel più riflessivo, lo ha reso un osservatore privilegiato di un mondo che esamina con maggiore senso critico. Si rende conto di come le persone in Europa siano diverse nel modo di pensare, di affrontare il quotidiano, di come alimentare le relazioni familiari e non, le circostanze sono simili a quelle che conosce, ma non uguali, c'è una differenza. Le differenze sono culturali, l'uomo le assimila e le metabolizza inconsapevolmente. e le reazioni sono tali perché magari le ha viste, sentite, vissute. L'evoluzione però, da accesso al miglioramento, l'intelletto aiuta ad essere migliori a proiettarci lì dove vorremmo essere, a volte ci arriviamo ma a volte assolutamente no. La giornata al mare prosegue, un tuffo nell' Adriatico, il cielo ora è sgombro di nuvole forse non pioverà. Finito il bagno, Daniel si dirige verso il lido per il pranzo, oggi assaggerà l'insalata di polpo. Trova posto ed ordina il polpo ed una bottiglia d'acqua. Uno sguardo al telefono. Un whatsapp di Albe, forse passa in spiaggia nel pomeriggio con Claudia, ci sarà anche lei stasera a cena dai suoi. Daniel, durante l'attesa del pranzo, cerca delle notizie su Benevento e scopre che la città, è tra le città magiche d'Europa perché confluiscono nel capoluogo due fiumi, il Calore ed il Sabato, che formano una "X", simbolo magico per eccellenza. Benevento, da un recente studio, fa parte del triangolo bianco, insieme alle città di Torino e di Praga. Le nuove teorie hanno escluso Lione, dunque Benevento diventa quindi un punto fondamentale della Magia Bianca. Daniel pensa, andrò a visitare questa magica confluenza, mando un vocale a Mercedes, magari ci andiamo insieme.

D: Ciao Mercedes, ho scoperto che Benevento è una delle tre città magiche d'Europa e che insieme alle città di Torino e Praga forma un Triangolo di Magia Bianca, inoltre c'è un posto dove confluiscono due fiumi, che vorrei visitare perché è ritenuto magico, ci andiamo insieme?

(Puoi ascoltare il messaggio vocale se vuoi, usa il Qr Code)

Mercedes non ha ascoltato il messaggio vocale, il ristorante del lido inizia a riempirsi, Daniel saluta un po' di persone, è come una piccola comunità, si conoscono tutti. Arriva la sua portata, le voci si mescolano, i bambini animano il ristorantino, ci sono tante famiglie che si accingono a pranzare. Ad un certo punto compaiono Albe e Claudia.

A: Sorpresa.

D: Ma cosa ci fate qui?

C: Ci prendiamo qualche giorno di vacanza.

D: Siiii.

A: Ordino, Claudia cosa prendi?

C: L'insalatona di mare della casa.

A: Anch'io la prendo.

D: Beh domani andiamo a Benevento, ho scoperto che la città è magica, lo sapevate?

C: Si sapevo delle streghe di Benevento, ma non so nulla a riguardo.

D: In città scorrono due fiumi il Sabato ed il Calore, praticamente i fiumi formano un sorta di X che rappresenta un simbolo magico. La città insieme a Torino e Praga fa parte del triangolo bianco, il triangolo della Magia Bianca.

C: Ma che storia interessante, allora andremo a vedere questo posto magico, Alberto ne sarà entusiasta.

A: Ho ordinato, tra un po' arriva tutto.

C: Daniel ha scoperto che Benevento è una delle tre città magiche d'Europa e che insieme a Torino e Praga forma il triangolo della Magia Bianca, incredibile io non lo sapevo.

A: Domani gita magica.

Nel frattempo, arrivano le portate, il ristorante è pieno di gente, molte persone salutano Claudia ed Albe, e quasi tutti sono al corrente che Daniel è un parente ed arriva dal Canada. Ad un certo punto si ferma una donna che chiede a

Daniel se è il figlio di Iris?
D: Si Iris è mia mamma.
G.: Io sono Giovanna, conosco molto bene tua mamma, abbiamo trascorso tantissime estati insieme qui a Vasto, mandale i miei saluti.
D: Certo facciamo una foto? Le farà piacere riceverla.
G: Si ottima idea.
D: Albe please, foto scattata.
D: Mi lasci anche il suo numero di cellulare, lo giro alla mamma magari così vi salutate.
G: Certo eccolo.
D: Alla mamma farà piacere ricevere i saluti di Giovanna.

Nel frattempo arrivano le insalate ordinate da Alberto. In sala c'è in sottofondo una radio ed in onda c'è un pezzo vecchissimo di Biagio Antonacci *Se io se lei*, una canzone che ascoltava Michelle, le piaceva tantissimo.
Albe nota sul volto di Daniel un velo di tristezza
A: Daniel? tutto ok?
D: Sì sì Albe, questa canzone piaceva tantissimo a Michelle
A: Ti manca molto?
D: Sì ogni giorno.
Daniel prende dal suo zaino il Taccuino Rosso, lo apre, dentro c'è una foto con Michelle e la mostra ad Albe e Claudia, qui eravamo a Kleinburg.
C: Che bella Michelle, ma nessuna nuova notizia dal? Dov'è scomparsa?
D: In Nicaragua, no nessuna, oramai sono passati più di due anni e mezzo non ci spero più. Lei era solare, aveva sempre la soluzione per tutto e riusciva sempre ad avere un approccio unico sulle cose.
C: Dove vi siete conosciuti?
D: A scuola, frequentavamo la stessa scuola, praticamente dalle elementari.
C: Magari lei sta bene ma non può comunicare. Anche se non la conosco sono sicura che saremmo andate d'accordo. Spero tanto che stia bene.
Intanto al ristorantino del lido molti si fermano al tavolo, salutano Claudia ed Albe e si presentano a Daniel.
Finito il pranzo, un po' di mare.
Durante il tragitto tra il lido e l'ombrellone Claudia ed Albe si fermano a chiacchierare con dei conoscenti, mentre Daniel si avvia verso l'ombrellone.
Claudia dice ad Albe, prendendolo un po' in disparte, io sento che Michelle è viva ma non l'ho detto a Daniel. Claudia da piccola aveva queste intuizioni, cose inspiegabili ma che spesso erano giuste.
A: Ma ne sei sicura?
C: Si, non so perché, quando ho preso in mano la foto ho sentito un'energia positiva, so che sta bene, non me lo aspettavo, erano anni che non mi capitava.

Ma forse mi sbaglio...
A: Cosa facciamo lo diciamo a Daniel?
C: No no, non alimentiamo possibili speranze anche se questa sensazione è molto forte, sono combattutissima, dovrei riprendere in mano la foto per capire se quello che sento è giusto.
A: Ok.
Albe e Claudia arrivano all'ombrellone, Daniel stava scrivendo qualcosa nel Taccuino Rosso.
C: Eccoci, che bella giornata.
D: Oggi il mare è stupendo, l'acqua è calda e trasparente, si vedono tantissimi pesci
C: Cosa scrivi in quel Taccuino?
D: No nulla, miei pensieri, niente di importante.
C: Posso rivedere la tua foto con Michelle?
Albe osserva la scena con attenzione.
D: Certo aspetta la cerco, eccola.
C: Grazie. Appena la prende in mano, Claudia ha di nuovo quella sensazione, anche Albe se ne accorge, non Daniel perché è intento a riporre qualcosa nello zaino.
Claudia scruta la foto in ogni dettaglio, e percepisce che Michelle è viva, ma c'è qualcosa che non va e non riesce a capire cosa.
C: Grazie Daniel, ripeto Michelle è stupenda.
D: Si era proprio bella.
A: Ok dai andiamo a fare il bagno, vamosss.
Verso le sei di sera decidono di tornare a casa.

CAPITOLO 10

Daniel ha una leggera abbronzatura, il mare, i luoghi, le persone hanno un effetto benefico su di lui, si è un po' scrollato di dosso quel malessere interiore che lo accompagna da troppo tempo.

Poter trascorrere qualche giorno con i parenti, ha apportato in Daniel un beneficio inaspettato, ritrova un equilibrio quasi dimenticato, è più solare, più leggero, forse è vicino ad un cambiamento di rotta per la sua vita. Ricorda una frase di Shakespeare "Il Viaggio termina quando gli innamorati s'incontrano", nel suo caso c'è il viaggio ma l'incontro è con il mondo, un mondo che gli appare entusiasmante, divertente e che ritrova dopo quasi due anni di velato oblio.

Il Taccuino Rosso, è il diario di bordo di Daniel, sono riportati i principali avvenimenti della sua vita ma sono riportati soprattutto i momenti più belli con Michelle. Ora sente che è arrivato il momento di scrivere dei nuovi capitoli…..play A Wave Kings of Leon….

Doccia veloce, Daniel non vede l'ora di assaggiare il brodetto vastese, sua zia questa mattina è andata al mercato a comprare il pesce, per prepararlo. Daniel ha notato che Claudia è una persona molto sensibile, se n'è accorto quando osservava la foto di Michelle, in lei c'era qualcosa, ma non sa spiegarsi cosa, mah!? Un'occhiata al cellulare, è spento batteria a terra, ecco perché non dava segni di vita. Lo mette subito in carica e dopo qualche minuto arrivano i primi messaggi.

M: Ciao Daniel certo che andiamo! non vedo l'ora di visitare questo luogo magico, dai ci vediamo domani!

Rodrigo: Daniel quando arrivi a Milano? Io resterò ancora alcuni giorni a Como. Speriamo di vederci.

Greta: Ciao Fratello che fai?

Daniel risponderà dopo a tutti, prende il suo Taccuino Rosso e scrive alcuni pensieri sparsi che affiorano in queste giornate, dove il mare e le persone diventano personaggi immaginari, di un film immaginario e dove la musica come spesso succede, da ritmo ed un senso alle immagini. In questo contesto, i paesaggi, i luoghi, possono essere lo specchio che noi vogliamo, questa terra ha il potere di rinvigorire la spiritualità, e gli si sono chiariti molti pensieri.

Poi capita che il ricordo di Michelle si manifesti nei momenti più impensabili, Daniel ha visto mentre si incamminava verso la spiaggia, una ragazza che indossava la stessa t-shirt che Michelle adorava, un regalo di tantissimi anni fa e che le portò sua madre dall'Italia. Una t-shirt con la stampa di alcuni cavalli, stupenda, di un brand un po' sparito Oaks By Ferrè, Daniel ricorda che la mamma la comprò ad uno spaccio aziendale proprio in Abruzzo. Nei cassetti delle case al mare, delle seconde case, si ritrovano a volte, delle magliette, camicie o altro, che ricordano un passato anche molto lontano. Daniel mette un po' di musica, trova un cd di Pino Daniele, Nero a Metà lo infila nel cassetto del lettore cd, il lettore è in funzione random, parte Alleria.

In pochi istanti, le note sorprendono Daniel. La musica di Pino Daniele inonda la stanza, le note sembrano sospese, Daniel riesce quasi a vederle, osserva con maggiore interesse il cd di Pino Daniele, trova anche la data di pubblicazione 1980. Anche dopo tanti anni la magia della musica non ha scadenze, la musica è un fatto intellettuale? Mah probabilmente sì. Dal basso, la zia di Daniel lo chiama a tavola perché è pronta la cena.

La tavola è imbandita alla perfezione, è invitante ricca di colori, al centro un coccio di terracotta con all'interno il famoso Brodetto alla Vastese, il profumo indica bontà assicurata; infatti, la zia di Daniel è un'ottima cuoca. Daniel è seduto vicino ad Albe, più in là Claudia, a capotavola lo zio Ottavio e la zia di fianco a Claudia, oltre ad altri parenti. Il vino in appoggio è una Falanghina ma c'è anche un 'altro bianco, la Coda di Volpe, bene inizia la cena.

Daniel è stato servito dalla zia, nel suo piatto, cozze, gamberi, vongole e pezzi di pesci come la pescatrice ed altri.

Prima di iniziare lo Zio Ottavio propone un brindisi: a Daniel per averci portato un po' della nostra famiglia da una terra così lontana, e che il viaggio possa rinvigorire la tua spiritualità ed alimentare sempre più la conoscenza e la voglia di esplorare.... Cin, cin e applausi.

Inizia la cena, il brodetto vastese è buonissimo, Daniel non ha mai mangiato un piatto così delicato, i sapori si sposano benissimo tra di loro, in un equilibrio tipico della cucina italiana.

Daniel assaggia la Coda di Volpe, un vino bianco, proveniente dalla zona del Sannio, ha un colore giallo paglierino tendente all'oro, i profumi sono intensi, con delle note fruttate, tra mela, pera, pesche, etc. Daniel scatta una foto all'etichetta del vino per non dimenticare la cantina, lo sorseggia, apprezzandone tutte le sue sfumature. La cena prosegue con aneddoti sulla famiglia e poi l'argomento principale, diventa la cultura digitale, si parla delle nuove estetiche e di alcuni artisti che utilizzano la tecnologia per il compimento di opere, dai contenuti e dai concetti completamente nuovi. Uno degli artisti che emerge dal discorso è Quayola, che realizza opere di straordinaria bellezza.

I parenti di Daniel sono persone dalle mille risorse, utilizzano il sapere e la cultura, come strumento per conoscere la realtà. Poi la tavola inanella un altro tema, le nuove generazioni.

Gianni, un lontano cugino di Daniel, argomenta sulla visione della loro generazione, dicendo: "La generazione del 2000 è quella del nuovo millennio. Hanno elevate probabilità di vivere oltre i 100 anni invece di morire prima dei 40. Cosa cambia se, sul letto di morte, avranno 50 anni di lavoro e contributi, e poche esperienze di vita? Sicuramente una parte di questa generazione morirà con meno soldi da lasciare ai figli, ma con molte più storie e conoscenze da trasmettere. Questo è il quadro generale." Alcuni di questa generazione sanno esattamente cosa fare, altri no; alla fine, sono tutti sulla stessa strada, e alcuni hanno bisogno di un po' più di tempo per decidere il loro futuro. Molti si comportano come se odiassero il mondo, ma in realtà è solo una recita. Si capisce dalle splendide canzoni che scrivono e dalla letteratura prodotta in questi ultimi anni. Questo è quello che penso.

Gianni produce musica e scrive. Frequenta il DAMS a Bologna e ama dipingere.

Daniel è ancora più convinto di essere nel posto giusto, con le persone giuste, inoltre davanti ad un cibo divino ed una convivialità invidiabile, questa è la famiglia italiana di Daniel... Real Star....

La serata termina con un dolce, un classico della cucina italiana, un tiramisù che ha portato Claudia, buonissimo. Vanno poi tutti a letto presto perché il giorno successivo si parte, destinazione Benevento. Daniel si è accordato con

Albe, partiranno alle 08.00 così avranno quasi tutta la giornata a disposizione per scoprire la città.

Daniel prepara la borsa con le sue cose, un po' gli dispiace lasciare la zia e lo zio, sono stati ospitali come non mai e si è sentito veramente a casa, ma incontrare nuovamente Mercedes e Valentina e trascorrere con loro un po' di giorni, sarà molto divertente. Daniel deve rispondere a tantissimi messaggi, lo farà domani durante il viaggio in macchina, intanto, si assicura di non aver dimenticato nulla. Tra un po' si dorme. Prende una delle sue riviste preferite San Rocco e va a letto.

Il suono di una sveglia echeggia nella stanza di Daniel, sono le 07.00 in punto. Doccia veloce, Daniel sistema la stanza facendo il letto e controllando che di non lasciare nulla in giro e soprattutto qualcosa fuori posto. Sono le 07:30, ha sentito anche le voci di Albe e Claudia sono svegli anche loro. Bene, un ultimo sguardo dal balcone, il panorama di Vasto non stanca mai, il mare e la macchia mediterranea sono la cornice di un soggiorno assolutamente perfetto. La giornata è leggermente ventosa ed a tratti nuvolosa, il sole si nasconde tra le nuvole come se giocasse a nascondino, ma quando trova il sereno, il suo irraggiamento scalda tantissimo.

Il gioco di luci ed ombre crea continui cambiamenti di colore, una dinamica naturale di chiaro scuri. Daniel ricorda di aver letto da qualche parte, che la bellezza suprema, sia riferibile solo alla natura. Quanto è vera questa definizione. Da qualche giorno Daniel ha in testa Neil Young e la sua musica, una canzone in particolare Will To Love, gli ricorda un po'casa e soprattutto Michelle, nel pezzo si intravedono spiragli di Grunge, genere che arriverà molto più in là grazie ai Nirvana.

Ora di colazione, la zia di Daniel ha preparato una colazione ricca di frutta di stagione, una moka di caffè, spremuta d'arancia, ci sono dei biscotti artigianali. Arriva anche Albe, Claudia era intenta ad aiutare nella preparazione, la zia di Daniel dice mi raccomando Daniel, mi prometti che verrai a trovarci di nuovo? Tua madre, tua sorella e tuo padre sono gli unici della nostra famiglia che non vivono in Italia.

D: Sì zia certo, dovreste venire anche voi a trovarci in Canada, in estate è bellissimo.

Zia: Ci faremo un pensiero, perché no!

Colazione abbondante, ma è tempo di partire, Daniel saluta gli zii con la promessa di ritornare quanto prima a ritrovarli, un bacio un abbraccio e si parte per Benevento.

Albe e Claudia sono contenti di visitare la città di Benevento, non ci sono mai stati, Albe ha scoperto che John Frusciante dei Red Hot Chili Peppers ha origini sannite, suo nonno era nato ad Apice, un paesino in provincia di Benevento.

D: Non lo sapevo, interessante, allora mettiamo su qualcosa dei RHCP

A: Si Daniel agganciati al bluetooth. Agganciato ed inserisce Otherside.

C: Che bella questa canzone

D: Si loro sono spaziali ….. volume altoooooo.

I tre si dirigono verso il capoluogo campano, la strada che percorrerà Albe si chiama Fondo Valle del Biferno o Bifernina, la strada si trova sul confine tra le regioni Abruzzo e Molise e la distanza è di circa 150 chilometri.

Daniel prende dal suo zaino il Taccuino Rosso, lo sfoglia, inizia a prendere appunti, il paesaggio cambia, la macchia mediterranea con il passare dei chilometri lascia spazio a colori leggermente diversi, tipici dell'entroterra. La strada costeggia ed incrocia per diversi chilometri un fiume, il Trigno.

Daniel scopre, da una ricerca su Google, che Apice ha due anime, quella dalla cittadina nuova e quella chiamata Apice Vecchia, un paese completamente abbandonato a causa dei numerosi terremoti, l'ultimo del 1980, ne ha decretato l'inagibilità totale. Apice Vecchia è chiamata anche la Pompei del '900, sarebbe interessante visitarla cosa ne pensate?

Secondo me potrebbe essere utile fare un salto ad Apice Vecchia che ne dite?

A: Per me ok, tu Claudia sei d'accordo?

C: Perché no, andiamo a visitare questa ghost town, quanto dista da Benevento?

D: Aspetta che controllo, sono una ventina di chilometri, avverto Mercedes via whatsapp che siamo partiti e di questa gita ad Apice, sono sicuro che vorranno venire anche loro.

M: Che bello! Vi aspettiamo, sì io e Vale veniamo alla ghost town! Siiii.

Il viaggio prosegue, la playlist di Daniel che risuona in auto dopo i Red Hot, pesca Con Te Partirò di Bocelli, per un attimo in auto c'è un silenzio surreale, e sui volti di Ale, Claudia e Daniel un stupore inaspettato, ma Bocelli da dove arriva… ahhh risate, poi tutti a cantar il ritornello ed il viaggio diventa leggero, spensierato, partono i Duran Duran Come Undone.

C: Daniel musica perfetta per un viaggio, bravo!

D: Si la selezione è random, non so cosa possa tirar fuori; infatti, entra un pezzo di Gordon Lightfoot If you could read my mind.

A: Ma che bello è questo pezzo, non l'ho mai sentito.

D: Si chiama Gordon Lightfoot, è canadese, bello, piace molto anche a me, anche Claudia fa cenno con la testa per confermare la bellezza del brano.

D: Beh la musica è giusta che ne dite?

C: Si stupenda

Entrano di scena i Fleetwood Mac Dreams.

C: Con questa musica possiamo andare ovunque. Il paesaggio è ricco di vegetazione, non c'è molto traffico ed il viaggio è piacevole, prevedono di arrivare tra un'ora e mezza.

D: Dopo inseriamo nel navigatore l'indirizzo di Benevento, aspetta che lo ritrovo tra i messaggi di Mercedes, trovato è Piazza Piano di Corte, ok lo salvo.

C: Daniel come mai siete così legati tu e Mercedes? Mi devi dire qualcosa che non so?

D: No, no Claudia anche se c'è un'attrazione tra di noi, una buona chimica, sai quando ti senti a tuo agio con persone che conosci da poco e ti piace trascorrere con loro del tempo, poi anche Valentina è molto simpatica sono persone con le quali puoi parlare di tutto. Sono certo che ti piaceranno, inoltre le persone che arrivano dal Sud America sono solari, hanno una gioia dentro che difficilmente trovi in giro.

A: E' vero conosco alcuni argentini che studiano a Milano, ho avuto anch'io quell'impressione.

Daniel prende dallo zaino il suo Taccuino Rosso, lo sfoglia, rilegge degli appunti, per Daniel scrivere, è un po' rimettere insieme dei frammenti di vita, rileggendo gli scritti, gli ritornano in mente le atmosfere di quel momento, ricorda i volti delle persone, i sorrisi, le situazioni. Anche se Daniel è di madrelingua inglese, la sua lingua mentale è l'italiano, è un po' un modello che segue, che ritrova nei termini, e nella sua intonazione. Sua mamma lo ha sempre spinto alla lettura di testi ed autori Italiani, in particolare Italo Calvino. Daniel ha scoperto recentemente che Calvino utilizzava i tarocchi e la loro combinazione, per la narrazione di alcuni suoi scritti, ad esempio, La taverna dei destini incrociati (1973), è stata concepita con quella tecnica.

Un modello creativo simile, Daniel lo ritrova anche nel mondo del Rock, è quello concepito da Brian Eno e Peter Schmidt e nelle loro carte, inventate negli anni Settanta e chiamate Strategie Oblique. Le carte venivano girate a caso dai musicisti in studi, che ne ricavavano di volta in volta nuove ed enigmatiche indicazioni su come portare a termine il lavoro. Alcuni dischi degli U2, dei Coldplay, hanno utilizzato le 124 carte delle Strategie Oblique per la realizzazione di alcune composizioni e brani dell'album.

(Se vuoi avere maggiori info)

Un incrocio tra letteratura e musica rock, senza nessuna logica connessione, ma che hanno in comune un metodo creativo, un metodo unico e lontano dai paradigmi noti. Sarebbe stato bello poter vedere, leggere, ascoltare, un'opera concepita da Italo Calvino e da Brian Eno. Daniel la immagina, multimediale, classica da un verso, ed innovativa da un altro, sarebbe stata molto rock' n roll.

Claudia nel frattempo si è addormentata, il viaggio prosegue senza intoppi, Daniel ha abbassato il volume della musica, che resta in sottofondo in modo da non disturbare il riposo di Claudia. Anche Daniel si appisola e prende sonno, la guida di Albe è rilassante senza scossoni, fluida…. parte Hotel California degli Eagles.

Albe macina chilometri, Vasco Rossi con Anymore accompagna il viaggio,

Anymore….. Anymore…. Anymore… Anymore.

Vasco resta sempre un artista che parla direttamente al cuore delle persone, creando una sorta di simmetria ed irregolarità multisensoriale, la sua musica trasmette emozioni universali, perché la sua musica è universale.

Daniel si sveglia, sono quasi arrivati a destinazione, anche Claudia è sveglia e con le facce un po' assonate cercano di capire quanto manca per Benevento. Claudia chiede ad Albe: ci fermiamo per un caffè?

A: Si certo tra un po' arriviamo ad Altilia, so che c'è una zona archeologica magari facciamo un giro.

D: Si dai, è presto vediamo questo posto.

C: Si io vado anche in bagno.

Daniel controlla su Google, la zona archeologica è proprio vicino alla strada, non è lontana.

C: Facciamo un giro poi se non ci convince proseguiamo.

Albe, rallenta, vede un cartello con bar ristorante, che si trova vicino alla strada principale, un po' all'interno ed entra nel parcheggio, si ferma non lontano dall'ingresso e spegne la macchina.

Daniel scende dall'auto, si guarda intorno facendo un giro a 360 gradi ed intravede la zona archeologica di Altilia. Scesi dall'auto, si dirigono al bar per un caffè. Claudia ordina un latte macchiato, Daniel ed Albe un caffè, Albe chiede al barman quanto dista la zona archeologica? Il barman risponde cinque minuti a piedi, seguite la strada sterrata ed entrerete nell'area, vi consiglio di visitare l'anfiteatro/teatro.

A: Certo grazie per il consiglio, nel frattempo Claudia si è recata in bagno mentre Daniel è uscito nuovamente fuori, in attesa del suo caffè. Daniel pensa che questa zona ai piedi di imponenti montagne ricca di storia abbia un fascino tutto suo, in parte gli ricorda dei paesaggi della Toscana, un contrasto tra antico e moderno che in Italia si ritrova molto spesso.

Albe chiama Daniel, il caffè è pronto, anche Claudia ritorna dal bagno, è pronto il suo latte macchiato.

D: Ma che bella questa zona facciamo un giro veloce e poi ripartiamo.

C: Si io sono curiosa di vedere l'anfiteatro.

A: Allora andiamo.

I tre si incamminano seguendo la strada sterrata. Albe e Claudia camminano mano nella mano, sono contenti di questa gita fuori programma. L'impressione che si ha del luogo, è che ci si trovi in una location dove la conservazione di splendidi paesaggi naturali e culturali sia stata preservata in maniera esemplare, forse perché l'area è in una posizione molto isolata, alle pendici del massiccio del Matese e che ne ha preservato la conservazione. Una perfetta integrazione tra paesaggio, resti archeologici e azione dell'uomo. I tre arrivano al Teatro, è di una bellezza disarmante, sembra quasi finto, Daniel mette su gli auricolari, vuole godersi questo momento ascoltando una musica in particolare, la cerca sul suo archivio eccola,

Preparation for a Journey di David Sylvian.

Meravigliose sensazioni, ascoltare Sylvian in un luogo che trasuda storia, crea percezioni aumentate, sarebbe bello vedere un concerto di Sylvian in questo posto. Daniel si estranea, le note del brano lo proiettano in un contesto tutto suo, dove ritrova Michelle, lei avrebbe apprezzato ogni cosa di questo sito, un po' fuori dal mondo. Un posto dove l'architettura riesce a trasferire valore al luogo, in bilico tra forma e memoria. Daniel estrae il Taccuino Rosso dallo zaino e nel prenderlo cade una foto, è una foto di Michelle, è come se fosse lì con lui, come se lo seguisse in questo viaggio di evasione, di conoscenza, di incontri. Daniel crede che i luoghi possano essere lo specchio che noi vogliamo e qui ad Altilia questa sensazione è più marcata e sentita del solito. In questo viaggio, in Daniel si sono chiariti molti pensieri, grazie ad un potere impercettibile quello della spiritualità che si manifesta senza preavviso ed in posti dove sono presenti delle energie tutte diverse e tutte con poteri diversi, questo è uno di quelli.

(Se vuoi più info su Altilia, Sepino)

Albe e Claudia si sono spostati all'esterno del teatro scattano delle foto, anche Daniel, oltre a prendere degli appunti fa numerose foto, è tempo di ripartire.

I tre si incamminano verso l'auto, Claudia commenta: ma che bel posto, poi una signora mi ha raccontato che a Sepino c'è una sorgente con un'acqua buonissima, magari al ritorno ci fermiamo. A: Perché no!

Si riparte per Benevento,

D: Ma che bel posto, meriterebbe più tempo ed una visita più approfondita anche il paese di Sepino.

A: Si non pensavo ci fosse tanto da vedere, anche Benevento possiede un Anfiteatro Romano degno di nota, se riusciamo ci facciamo un salto, ma la priorità è Apice la ghost town, non sono mai stato in una città disabitata.

C: Apice mi ispira moltissimo.

D: Sarà una visita senza precedenti.

Daniel scrive degli appunti sul suo Taccuino Rosso, questo è un viaggio sempre più selettivo, il contatto con l'architettura di una civiltà perduta, ti permette di immaginare un mondo antico che non esiste più, immaginare i ritmi della vita dell'epoca, i linguaggi, i suoni di una cultura oramai lontanissima, ed in parte perduta.

Daniel rimette un po' di musica, la playlist tira fuori **Pixies** where is my mind. Il viaggio continua.

CAPITOLO 11

Benevento

A: Siamo quasi arrivati Daniel, inserisci la destinazione finale nel navigatore.

D: Ok, Piazza Piano di Corte, arrivo previsto tra 18 minuti, chiamo Mercedes.

D: Ciao Mercedes.

M: Hola!

D: Arriviamo tra una ventina di minuti.

M: Ok perfetto, vi farò parcheggiare in un garage perché non c'è mai posto vicino casa, sono contenta di vederti e di conoscere tuo cugino e la fidanzata, ti saluta Valentina e poi non vediamo l'ora di andare a visitare Apice, la città fantasma.

D: Anche noi siamo molto curiosi, allora a tra poco.

Daniel alza il volume, Coldplay The Scientist

C: Canzoneee che adoroooo.

Entrano in città, c'è un po' di traffico ma la destinazione finale è vicina.

Claudia funge da navigatrice, alla prossima devi svoltare a sinistra, poi ancora dritto segui la strada. Saremo a destinazione tra 500 metri.

D: Vedo Mercedes, è lei, quella ragazza bionda. Finalmente Daniel e Mercedes si rivedono.

Albe lampeggia con gli abbaglianti per farsi riconoscere, Mercedes saluta, li ha visti e indica la direzione da seguire. Albe si ferma un attimo, ma ci sono delle auto e non può sostare, Mercedes sale.

M: Ma che piacere conoscervi! Bene, vai dritto ed alla seconda, svolta a destra, il garage è proprio li. Abbraccio tra Daniel e Mercedes.

M: Ecco Albe siamo arrivati, aspetta, ho il telecomando per aprire, spinge il pulsante di apertura ed il garage si apre.

A: Scendete qui, io parcheggio.

Claudia scende dall'auto insieme a Daniel e Mercedes.

M: Che piacere Claudia conoscerti, tra un po' arriva anche Valentina.

C: Piacere mio, un po' ti conosco già, Daniel ci ha parlato tanto di te.

In lontananza si sente una voce, Daniel, Daniel, è Valentina che corre verso Daniel e si abbracciano

V: Che bello rivederti.

D: Si bello, bello.

Daniel presenta Claudia: lei è Claudia, la fidanzata di mio cugino Albe.

V: Benvenuta!

Nel frattempo, Albe ha parcheggiato l'auto e chiede cosa facciamo con i bagagli di Daniel? li prendiamo dopo o li portiamo su ora?

M: Portiamoli su ora, ci prendiamo un caffè mangiamo qualcosa e facciamo un giro veloce per la città.

A: Bene! Albe scarica le borse di Daniel.

Daniel ne prende una e l'altra la porta Albe.

Mercedes chiede a Daniel allora come è andata a Vasto?

D: Bene, sono stato benissimo, poi Vasto è bellissima, bel mare bella spiaggia, la città merita una visita. Claudia, Valentina ed Albe chiacchierano mentre si dirigono tutti verso l'abitazione. Attraversano dei vicoli per sbucare in una bella piazza, Piazza Piano di Corte.

A: Che bella questa piazza.

PIAZZA PIANO DI CORTE

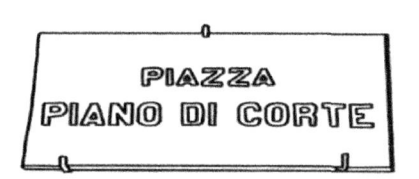

M: Noi siamo lì, ed indica il portone d'ingresso dell'appartamento, siamo vicinissimi all'Arco di Traiano, pensa questa piazza era il cuore del Principato Beneventano che nel periodo di massima espansione comprendeva gran parte dell'Italia meridionale.

D: Addirittura, non pensavo che Benevento avesse una storia così interessante.

Si avvicinano all'ingresso, Valentina apre e fa strada, è uno stabile datato ma in ottime condizioni.

Entrano in casa, è un appartamento con cucina a vista, molto aperto ma non un open space. E' stato ristrutturato di recente, si notano rifiniture di pregio ed una cucina moderna con un piano cottura non a gas ma ad induzione. In casa c'è un profumo di caccia e conquista industriale…. non esattamente… il profumo è vicino a quello del legno utilizzato nella produzione di distillati, il rovere è impiegato per le botti, ed infatti in un angolo c'è una botte di rovere che emana questo profumo. I parenti di Valentina sono produttori di vino e di olio extravergine, ed in casa ci sono pezzi di frantoio ed altro. Un arredamento tra antico e moderno, funzionale ed eclettico. Alle pareti ci sono alcune stampe di Dudovich e tra queste una del liquore strega, liquore tipico della città.

M: Daniel ti faccio vedere la tua stanza, porta i tuoi bagagli.

D: Grazie ti seguo.

M: Tu dormirai qui, e qui di fianco c'è il tuo bagno.

D: Stupendo! Grazie Mercedes.

In salotto Valentina chiacchera con Claudia ed Alberto, arriva Mercedes si accomoda e Daniel prende un piccolo pouf e si aggiunge alla conversazione.

V: Allora cosa volete fare?

C: Facciamo un giro della città, mangiamo da qualche parte e nel pomeriggio andiamo ad Apice cosa ne pensate?

M: Si dai ottima idea ci prepariamo ed usciamo.

Daniel prepara il suo zaino con poche cose, una bottiglietta d'acqua, il Taccuino Rosso, una t-shirt, un libro.

M: Pronti usciamo!

Il gruppo da un'ulteriore sguardo alla piazza e si incammina per una discesa, dopo un paio di curve appare in tutto il suo splendore l'Arco di Traiano.

D: Ma è maestoso, ha moltissime cose in comune con l'Arco di Trionfo di Parigi, anzi è l'Arco di Parigi ad avere delle somiglianze architettoniche con questo.

M: Ogni volta che mi imbatto nella vista di questo monumento, percepisco qualcosa di solenne sulla facciata dell'Arco che guarda la città e i cittadini, sono rappresentati i successi della pace, mentre sulla facciata che guarda le province sono rappresentate le vittorie in guerra, pensate è stato costruito tra il 114 ed il 117 DC. ed è ancora qui in splendida posa.

Nel frattempo si avvicina un trenino con dei bambini ed alcuni turisti, il trenino ha come itinerario il passaggio nei pressi dei principali monumenti della città.

C: Perché non lo prendiamo anche noi, così visitiamo la città?

Albe chiede informazioni al conducente del trenino, ok possiamo salire qui ed iniziare il percorso.

Ci sono dei posti liberi al centro ed in coda, Alberto, Claudia e Valentina si siedono nel vagone centrale, mentre Mercedes e Daniel nell'ultima carrozza.

C'è anche una audio guida che accompagna i visitatori durante il tragitto.

(Se vuoi ascoltare l'audioguida)

Dall'Arco di Traiano, il percorso turistico prosegue toccando il complesso monumentale di "Santa Sofia che comprende la chiesa, il campanile antistante la piazza, l'ex monastero con il chiostro e la fontana al centro dell'area". Fa parte del sito seriale "Longobardi in Italia: i luoghi del potere", che comprende sette luoghi densi di testimonianze dell'arte longobarda, ed è iscritto alla Lista dei patrimoni dell'umanità dell'UNESCO dal giugno del 2011. Il trenino prosegue il suo cammino e si dirige verso la Rocca dei Rettori. "La Rocca dei Rettori è costituita da due edifici affiancati, uno medievale e l'altro rinascimentale.
Svetta in un'area strategica dell'Italia meridionale a metà strada tra il Tirreno e l'Adriatico, sul percorso della Via Appia". Edificio unico e ricco di fascino.
Daniel e Mercedes sono rapiti dalle bellezze del passato della città e sono immersi nel contesto grazie anche alle informazioni storiche dell'audio guida che li accompagna per tutto il viaggio. Arrivano presso "Il complesso monumentale di Sant'Ilario a Port'Aurea, il complesso è di origine longobarda. Fu edificato tra il VII ed il VI secolo su rovine di una costruzione di età imperiale risalente al II sec. d.C. Il nome del complesso deriva dalla vicinanza all'Arco di Traiano, che nel medioevo divenne una porta d'ingresso della città chiamata Porta Aurea".
Il viaggio prosegue, il trenino arriva nei pressi del Teatro Romano. "Il Teatro Romano di Benevento fu costruito nel II secolo d. C. durante il regno dell'imperatore Adriano ed inaugurato nel 126 d. C. e successivamente ingrandito da Caracalla tra il 200 e il 210.
La pianta del teatro è semicircolare con un diametro di 90 m ed aveva una capienza di 15 mila persone".

Daniel prende appunti, scatta foto, commenta con Mercedes, i luoghi trasudano storia, cultura. Daniel mette a fuoco delle intuizioni che ha sempre avuto e che in questo viaggio trovano delle possibili collocazioni e forse delle risposte. Daniel scorge un responso, ai suoi tanti ragionamenti che si è posto in questi ultimi anni. Pensa che i monumenti, le architetture, i luoghi, siano in grado di trasmettere una bellezza universale, perché l'arte, la creatività, sono un linguaggio universale.
Il trenino arriva al Ponte Leproso. "Il Ponte Leproso fu costruito nel III secolo a.C. da Appio Claudio Cieco, su un preesistente ponte sannitico, che immetteva la via Appia nella città per proseguire alla volta di Brindisi e quindi dell'oriente.

Fu poi restaurato da Settimio Severo e da suo figlio Caracalla nel 202 ed al suo sbocco sorgeva un criptoportico, tramutato poi in chiesa dedicata ai Santi Quaranta, martiri a Sebaste". Il lungo giro turistico della città si conclude nel centro di Benevento.

Tutti passeggeri scendono, si trovano in piazza Roma nel cuore della città campana.

C: Ma che bella idea prendere il trenino, abbiamo visto tutta la città in poco tempo, io sono rimasta folgorata dalla bellezza della chiesa di Santa Sofia.

V. Si anch'io l'avevo già vista nei giorni scorsi, ma ha sempre un impatto visivo importante, ogni volta che ripassi da quel luogo.

M: Perché, non ci prendiamo un caffè qui c'è un bar storico, il Bar Strega.

C: Si il liquore Strega è di Benevento, la città è famosa anche per il concorso letterario Il Premio Strega, credo sia stato istituito subito dopo il secondo conflitto mondiale.

Il gruppo di si dirige verso il bar, trovano posto nei tavolini esterni, si accomodano in una sorta di salottino, composto da poltrone, un divano ed un tavolino basso, utile per appoggiare bevande ed altro.

Arriva la cameriera per le ordinazioni. Mercedes prende una spremuta d'arancia, Valentina un caffè, così come Claudia, Albe e Daniel.

D: Allora a che ora andiamo ad Apice, la città fantasma?

M: Subito dopo pranzo.

V: Per il pranzo mangiamo in un ristorante nei pressi dell'Arco di Traiano, io e Mercedes abbiamo preso una pizza ed era buonissima, ma hanno un menù molto ricco.

A: Perfetto.

M: Avere come vista l'Arco di Traiano e consumare dell'ottimo cibo è impagabile.

D: Si ottima soluzione!

Arriva la cameriera con le portate, mentre serve i caffè ed altro, Valentina e Mercedes parlano in spagnolo.

La cameriera chiede, voi non siete di Benevento, da dove arrivate?

M: Io e Vale dall'Argentina, Daniel dal Canada, Albe e Claudia da Vasto.

Cameriera: Beh allora buon soggiorno in città! La mia famiglia ha dei lontani parenti in Argentina, ma sono anni che non li sentiamo, abbiamo un po' perso le loro tracce, ma stasera scrivo per sapere come stanno.

V: In che città vivono?

Cameriera: Mendoza.

V: Io sono di Mendoza, quale è il loro cognome?

Cameriera: Pinto.

V: No non li conosco.

Cameriera: Gli scriverò e metterò in evidenza che ho incontrato una ragazza di Mendoza qui a Benevento, non capita tutti i giorni!

D: Il mondo a volte è veramente piccolo.

M: Noi nei prossimi giorni, prima di partire per Milano dobbiamo andare in quel posto dove c'è l'incrocio magico dei due fiumi della città.

D: Si sarà un'altra tappa importante di questo viaggio e poi dobbiamo visitare anche il giardino disegnato da Mimmo Paladino, credo sia nei pressi della chiesa di Santa Sofia.

V: Si è lì vicino, è di fronte alla chiesa, si entra da un vicolo, ho visto delle indicazioni.

C: Quante cose da vedere, non vi annoierete di certo.

Daniel dal suo zaino prende un libro, anzi un libricino con una copertina amaranto tendete al rosso, è un libro del 1920 che Daniel ha trovato in un mercatino, e che ha letto più volte con grande interesse, è un libro illuminante, con fondamenti di rispetto e ed uguaglianza, e siamo agli inizi del secolo scorso,

Daniel vuole leggere un passo del libro facendo una breve introduzione:

"Questo libro ha influenzato moltissimo il mio pensiero e si accinge a leggere dei passi: (rec audio con la lettura dei passi)

(Se vuoi ascoltare la lettura di Daniel)

Tutti i cittadini dello Stato, d'ambedue i sessi, sono e si sentono eguali davanti alla nuova legge.

L'esercizio dei diritti riconosciuti dalla costituzione non può essere menomato né soppresso in alcuno se non per conseguenza di giudizio pubblico e di condanna solenne.

VII – Le libertà fondamentali di pensiero, di stampa, di riunione e di associazione sono

dagli statuti guarantite a tutti i cittadini.

Ogni culto religioso è ammesso, è rispettato, e può edificare il suo tempio;

ma nessun cittadino invochi la sua credenza e i suoi riti per sottrarsi

all'adempimento dei doveri prescritti dalla legge viva.

L'abuso delle libertà statutarie, quando tenda a un fine illecito e turbi l'equilibrio

della convivenza civile, può essere punito da apposite leggi;

ma queste non devono in alcun modo ledere il principio perfetto di esse libertà.

VIII – Gli statuti guarantiscono a tutti i cittadini d'ambedue i sessi:

l'istruzione primaria in scuole chiare e salubri;

l'educazione corporea in palestre aperte e fornite;

il lavoro remunerato con un minimo di salario bastevole a ben vivere;

l'assistenza nelle infermità, nella invalitudine, nella disoccupazione involontaria;

la pensione di riposo per la vecchiaia;

l'uso dei beni legittimamente acquistati;

l'inviolabilità del domicilio;

l'habeas corpus;

il risarcimento dei danni in caso di errore giudiziario o di abusato potere.

IV – La Reggenza riconosce e conferma la sovranità di tutti i cittadini senza divario di

sesso, di stirpe, di lingua, di classe, di religione.

Ma amplia ed inalza e sostiene sopra ogni altro diritto i diritti dei produttori;

abolisce o riduce la centralità soverchiante dei poteri costituiti;

scompartisce le forze e gli officii,

cosicché dal gioco armonico delle diversità sia fatta sempre vigorosa e più ricca la vita comune.

Tutti i cittadini dello Stato, d'ambedue i sessi, sono e si sentono eguali davanti alla nuova legge.

L'esercizio dei diritti riconosciuti dalla costituzione non può essere menomato né soppresso in alcuno se non per conseguenza di giudizio pubblico e di condanna solenne.

Il libro è **LA CARTA DEL CARNARO** *del 1920 e l'autore è* **GABRIELE D'ANNUNZIO.**

Mentre Daniel leggeva ai suoi amici, ha destato la curiosità di alcuni passanti che si sono soffermati ad ascoltare con attenzione la sua lettura, tutti sono rimasti affascinati dalle parole che Daniel scandiva con l'intonazione giusta, dando peso ad ogni singola parola, sottolineando la grandezza del testo.

M: Daniel, ma è bellissimo, e pensare che è stato scritto tanto tempo fa.

C: Non conoscevo questo libro, Daniel puoi ripetere il titolo?

D: La Carta del Carnaro.

A: Meraviglioso.

D: Sapete perché ho voluto leggere questo testo? Perché credo che questo libro sia capace di attraversare territori, confini, culture, persone, ma soprattutto di attraversare il tempo, grazie ai suoi concetti universali. Questo libro, è da un po' che viaggia insieme a me, e credo sia arrivato il momento di donarlo ad un altro viaggiatore, ad un altro, che come me, ne apprezzerà i suoi contenuti.

Tutti sono sorpresi dalle esternazioni di Daniel.

D: Albe vorrei che tu tenessi questo libro, ed un giorno quando vorrai, potrai donarlo ad un'altra meritevole persona. La persona la sceglierai tu, con la promessa che anch'egli un giorno lo regalerà ad un'altra persona, senza interrompere questa catena del sapere, dell'uguaglianza, del rispetto reciproco, e della convivenza civile.

Diverse persone hanno assistito al "racconto" di Daniel, e sono rimaste lì ad ascoltare un po' sorpresi, un po' incuriositi da questo gruppo di turisti che anima il centro di Benevento ed in un bar dal nome così importante. Parte un applauso da parte dei passanti.

Uno e più passanti ad alta voce Bravo, Bravo!! (ABBENE U' STRANIER "bravo lo straniero" in dialetto beneventano) Vai così! Daniel non si aspettava nulla di simile e consegna il libro ad Albe.

Claudia scatta una foto per ricordare questo momento magico, in una città magica.

Miss Sarajevo U2 Pavarotti.

Mercedes pensa a quanto sia interessante Daniel, il suo sapere, sospeso tra musica, letteratura, arte, diventi elemento attrattivo, la curiosità instrada Daniel in un'avventura del sapere, dove in ogni tappa, l'incontro diventa visione, anche sognante e che si scioglie con il risveglio, questo è quello che vede Mercedes, in Daniel.

Il gruppo di vacanzieri decide di fare un giro per il centro della città, Claudia chiacchiera con Mercedes e Valentina, racconta che verrà a Milano in occasione del concerto di Mercedes, anche perché Albe studia lì e coglieranno l'occasione per fare delle commissioni e shopping. Albe dovrà passare in Università, e lei farà un po' di giri per negozi ma soprattutto andrà a visitare Armani Silos.

V: Ma allora andiamo insieme, anche noi vogliamo visitare Armani Silos, inoltre io dovrò prendere un cappello per mio nonno, non ricordo il modello, ma ricordo dove, presso un'antichissima cappelleria di Milano, credo si chiami Mutinelli ed è ancora in attività, mio nonno comprò questo famoso cappello tra la fine degli anni '50 ed inizio degli anni '60, sperando che sia ancora disponibile.

C: Beh allora andiamo insieme.

V: Mio nonno mi ha chiesto di comprarlo solo da Mutinelli perché secondo lui, il cappello che acquistò nel periodo della Beat Generation gli ha portato grande fortuna.

M: Sai Valentina arriva da una famiglia di produttori di vino di Mendoza, sono famosissimi in Argentina, lei è un'enologa.
C: Davvero!? Io adoro il vino.
V: Peccato che non si possano più trasportare liquidi in aereo, altrimenti ti avrei fatto assaggiare il nostro Malbec, ma qui nel Sannio ci sono ottimi vini, i bianchi sono eccellenti, ma anche i rossi si difendono, l'Aglianico è molto buono, a pranzo assaggeremo qualcosa.
A: Io ho fame, andiamo a pranzo?
M: Sì ma noi ragazze passiamo un attimo da casa, il ristorante è di fronte all'Arco di Traiano.
A: Ok bene allora andiamo.
M: Da questa parte. Mercedes fa strada e si incamminano verso il ristorante.
D: Albe cosa prendi?
A: Io un primo o un antipasto non lo so deciderò al momento.
D: Si anch'io.
Dopo un breve cammino sono davanti al monumento simbolo della città. I tavoli del ristorante sono proprio di fronte a questa meravigliosa opera.
A: Beh pranzare in questo posto è un vero privilegio.
D: Si che meraviglia questo luogo.
Le ragazze proseguono per Piazza Piano di Corte, praticamente lì vicino, vengono notate dai passanti. Mercedes bionda, un fisico statuario, occhi azzurri cielo, bella come il sole, Valentina, mora, mediterranea, ma i suoi lineamenti hanno degli accenni orientali, non sono molto marcati, anche lei molto attraente, Claudia sembra invece uscita da una scultura del Rinascimento.
Daniel ed Albe scelgono il tavolo, sono tra i primi al ristorante e decidono di sedersi in quello più esterno, quello più vicino all'Arco di Traiano. Daniel prende dal suo zaino il Taccuino Rosso, inizia a scrivere qualcosa, Albe controlla il telefono, riguarda le foto scattate e risponde ad un po' di messaggi.

U2 Unknown Caller.

Anche Daniel deve rispondere ad un po' di messaggi, dopo aver preso qualche appunto risponde a Rodrigo: Rod ti aggiorno su Milano, ancora non so quando arriverò.
A Greta: Sorellina come stai? Qui in Italia tutto bene, ora sono a Benevento

(scatta un selfie con l'Arco di Traiano come sfondo) con Albe e Claudia la sua fidanzata. Mi fermerò qualche giorno e per poi andare a Milano. Saluta tutti, ti voglio bene.

A: Grazie per il libro Daniel, lo leggerò con grande attenzione.
D: Sono sicuro che lo farai, credo che questo libro possa migliorare l'approccio critico alla vita, mettendo in evidenza le cose che contano veramente.
A: Interessante, la tua introduzione è stato un incipit vero e proprio, hai visto quante persone si sono fermate ad ascoltare.
A: Vero! Non me lo aspettavo.
Nel frattempo, le ragazze arrivano a casa per cambiarsi, Vale indossa dei bermuda che ha comprato qualche giorno prima ed una polo, Mercedes una camicetta a mezze maniche perché la temperatura si è alzata e fa più caldo.
M: Cosa prenderete al ristorante (a voce leggermente alta)?
V: Io l'antipasto alla Traiano, l'ho visto l'altro giorno e sembra buonissimo.
C: Io non lo so, decido al momento, prendo quello che mi ispira forse un primo, non lo so.
M: Sono combattuta se prendere una pizza o la parmigiana di melanzane, in Argentina me la sogno così buona.
C: Se c'è la parmigiana prendo quella, tutta la vita.
V: Io l'ho presa l'altra sera, buona, molto buona.
C: Mi sta venendo fame solo a parlarne …. (risata)
M: Prendiamo anche una bottiglia di vino.
V: Si io voglio assaggiare l'Aglianico del Taburno.
C: Cos'è un rosso o un bianco?
V: Un rosso molto buono, te lo consiglio.
C: Beh allora lo proverò, se lo suggerisci tu ci credo (risata).
Le ragazze sono pronte per uscire, Vale controlla che in casa sia tutto chiuso, finestre, luci, etc …
Chiavi prese, e via, verso il Ristorante.
V: Il ristoratore è un amico dei miei parenti, il ristorante è praticamente lì dalla metà degli anni '80, mio zio lo ha chiamato e gli ha detto che sua nipote andrà spesso da loro… hanno sempre un occhio di riguardo per noi.
C: Allora siamo dei Vip ahhh.
M: Noi lo siamo sempre aahhh (Risata) Si nelle fantasia.
Intanto al ristorante arriva il cameriere con i menù.
A: Aspettiamo altre tre persone.
Cameriere: Ok quando sarete pronti per le ordinazioni mi avvisate.
Arrivano le ragazze, il ristorante inizia a riempirsi.
Le ragazze vengono notate da tutti, sono proprio belle, sembrano delle modelle e non passano inosservate.

M: Eccoci! Daniel hai visto che bel posto per mangiare?
D: Una meraviglia essere qui con voi, in questa città, fino a qualche settimane fa non ci conoscevamo neanche, gli incroci della vita, e poi andremo ad Apice nella città fantasma sarà un'esperienza unica.
V: Sì infatti! Io non so cosa aspettarmi.
C: Idem!
Arriva il cameriere con i menù, riconosce Mercedes e Valentina, ben tornate!
V: Buongiorno!
Il cameriere con garbo, fa un po' il filo a Valentina
V: Ci consigli qualcosa in particolare oggi?
Cameriere: Si la parmigiana ed i nostri antipasti, ed oggi come fuori menù, lo chef propone spaghetti allo scoglio e come secondo, filetto di pesce spada alla griglia con pomodorini del Piennolo.
M: Cosa sono i pomodorini del Piennolo?
Cameriere: Sono dei pomodorini tipici della zona vulcanica del Vesuvio, e sono da secoli coltivati sempre nella stessa area, sono buonissimi, molto consigliati.
M: Grazie interessante scoperta.
V: Appena pronti per le ordinazioni, la chiamiamo.
Cameriere: Intanto porto da bere?
M: Si per favore due acque minerali, una liscia ed un'altra gassata, va bene per tutti?
Tutti ...sì si.
Cameriere: Certo!
C: Vale ma hai visto il cameriere, pende dalle tue labbra.
V: Si me ne sono accorta.
C: e quindi?
V: Nulla Claudia, ieri sera ho incontrato un certo Antonello, beh lui è interessante, parla anche un po' di spagnolo.
M: Si interessante, non ha fatto che parlare di lui tutta la serata.
V: Ma no dai Mercedes!
M: Eri praticamente impacciata come non mai, quando parlavi con lui!
V: Ma non è vero!
M: Invece sì!
Tutti: Un po' prendono in giro Valentina.
M: Oh guarda c'è Antonello!
V: Con una faccia sorpresa ed impreparata, davvero dov'è!?
M: Ahh scherzetto.
Vale le dà una spinta.
M: Avete visto!?
Tutti: Siiii risate.

M: Allora io prendo una parmigiana.
C: Io ti seguo.
A: Io antipasto Traiano.
D: Parmigiana.
V: Caprese con bufala.
M: prendiamo anche i Peperoni Ripieni Traiano, sono buonissimi.
D: Sì magari due porzioni così li assaggiamo tutti.
Valentina con un cenno chiama il cameriere.
Cameriere: Siete pronti per ordinare?
V: Sì se non ricordo male tre parmigiane, per Mercedes, Claudia e Daniel, un antipasto Traiano per Alberto, ed io prendo una Caprese con bufala, come extra per tutti due porzioni di peperoni Traiano.
Cameriere: Da bere preferite un vino, birra, bevande, gassate?
V: Un rosso, un Aglianico del Taburno.
Cameriere: Ottima scelta, grazie.
V: Aspetta ci puoi fare una foto?
Cameriere: Certo!
Vale dà il suo telefono e mostra dove schiacciare.
Il cameriere compiaciuto scatta diverse foto, Valentina gli dà un po' di corda, lo ringrazia.
M: Beh lo hai fatto felice, ahhh.
V: Ma dai era solo qualche foto, vediamo come sono?
M: Belle le invii con AirDrop? Vedo che tutti hanno l'Iphone.
V: Ok inviate!
D: Allora dopo pranzo andiamo subito ad Apice?
M: Si passiamo un attimo da casa ed andiamo.
A: Ho controllato e non è molto lontano.
C: Sarà bellissimo visitare questa città fantasma, io non sono mai stata in un posto completamente disabitato.
D: Credo nessuno, tutti fanno cenno di no.
C: Mercedes allora questo tuo concerto a Milano?
M: Sarà un concerto basato sull'ispirazione del momento, ma anche su delle sequenze musicali che ho preparato, sai suonerò sulle immagini della Dolce Vita di Fellini, non sarà una passeggiata.
C: Caspita bellissimo, quindi molta improvvisazione.
M: Si ma non del tutto, ho preparato il concerto facendo tantissime prove ed ho capito cosa non fare, ma poi molto dipende anche dal momento, dal trasporto della serata.
A: Sarà uno spettacolo Mercedes! Non vedo l'ora di esserci.
M: Sarà la prossima settimana, per fortuna qui a Benevento sono riuscita a

trovare una sala dove esercitarmi, non vorrei arrivare impreparata.
A: Suoni da molto il pianoforte?
M: In effetti da sempre, ho sempre avuto una passione per la musica, ma soprattutto per le colonne sonore, la mia famiglia possiede dei cinema in Argentina, io da piccola ero praticamente sempre in sala, ho visto di tutto, ma a parte le storie, gli attori etc, la curiosità e l'interesse principale per me, erano le musiche dei film. Ennio Morricone lo trovavo immenso, le sue colonne sonore erano pura magia, lui è la grande eccezione a tutte le regole. Con questo spettacolo unisco le mie passioni, in parte l'imprinting della mia infanzia, in parte la performance di getto, che adoro. Questo show lo considero una modernità artistica, come un ponte che unisce l'altra sponda, un dialogo che cambia in ogni performance, grazie alle immagini ed alla musica, si genera per lo spettatore una esperienza immersiva, molto coinvolgente, è il mio piccolo pezzo d'avanguardia.
La tavola resta incantata dalla descrizione di Mercedes e si rendono conto di essere insieme ad una persona molto speciale.
Ma Mercedes prosegue…. Dopo il concerto di Milano voglio andare a visitare un luogo del quale ho sempre sentito parlare in famiglia.
D: Quale?
M: Un cinema, o almeno quello che ne è rimasto. Una donna di nome Miriam, nel dopoguerra, andò a trovare dei suoi parenti nel New Jersey (USA). Durante il soggiorno, i suoi cugini la portarono al drive-in e ne rimase così entusiasta, che quando tornò a Milano decise di aprirne uno tutto suo. Tutti pensarono che fosse un'idea strampalata, ma lei era una donna decisa e determinata a dare vita al suo progetto. Non fu una passeggiata per la neo-imprenditrice perché, in base ai regolamenti dell'epoca, non era possibile allestire un cinema all'aperto come un drive-in.

Non perdendosi d'animo, si mise alla ricerca di uno stabile molto grande. La sua idea era quella di allestire un drive-in al chiuso, mettendo all'interno dello stabile delle automobili parcheggiate, ricreando in questo modo l'atmosfera del drive-in, la stessa che aveva vissuto negli Stati Uniti e ci riuscì benissimo.

Sulla volta del cinema, grazie a suo fratello appassionato di astronomia, fece installare dei filamenti luminescenti che riproducevano tutte le costellazioni conosciute. Le testimonianze del tempo raccontano che tutti venivano rapiti dalla bellezza del posto, l'atmosfera era unica e il tutto unico nel suo genere. La sala prese il nome di Sala Platone, in onore delle teorie del filosofo greco secondo cui ogni anima aveva una stella a cui apparteneva e alla quale sarebbe tornata dopo la morte se avesse vissuto moralmente.

Il Cinema Stella, così lo chiamò Miriam, divenne un luogo unico e indimenticabile, capace di rapire i visitatori con la sua bellezza e la sua atmosfera incantevole. La sua storia è un esempio di come la determinazione e la passione possano trasformare un sogno in realtà. Questa storia ha ispirato un po' la mia vita, la determinazione, il sogno di questa donna, sono stati per me un esempio, mi hanno insegnato che la vita va percorsa come un grande dono. Non voglio però essere troppo seria con voi!

C: Mercedes il tuo racconto è stupendo.

A: Che storia incredibile, bellissima Mercedes.

Arriva il cameriere.

Cameriere: Ecco le tre parmigiane, il cameriere serve con grande eleganza prima le ragazze, arriva una cameriera con il resto dell'ordinazione, la caprese di bufala, l'antipasto ed il contorno dei peperoni.

Un altro cameriere porta a tavola l'Aglianico del Taburno e lo versa per l'assaggio nel bicchiere di Valentina.

V: Buono, ottimo grazie!

Cameriere: Buon appetito e se avete bisogno, restiamo a disposizione.

Si avvicina il proprietario del ristorante che qualche giorno fa ha conosciuto Mercedes e Vale, chiede se tutto procede bene?

M: Si grazie tutto prefetto.

Proprietario: Bene sono contento, buon appetito

Tutti: Grazie!

C: Parmigiana ottima!

D: Che bontà, tutti mi dicevano che al sud si mangia benissimo, è proprio vero!

A: In Italia, si mangia bene ovunque.

M: Io sono ingrassata di due chili da quando siamo arrivate.

A: Dopo, ad Apice, cammineremo un bel po'

C: Propongo un brindisi!

A: Si! A Mercedes a Vale, a Claudia a Daniel a tutti noi e che la vita ci possa regalare emozioni ed essere sempre ricca, benevola e piena di belle persone.

Tutti: Cin Cin.

La tavola non passa inosservata agli altri ospiti del ristorante, molti sono del posto e notano la comitiva, dove ogni tanto si sentono conversazioni in spagnolo e in inglese.

Daniel ad un certo punto dice: ma lo sapevate che dal 2009 il quoziente intellettivo medio della popolazione mondiale è iniziato a scendere?

C: Caspita e perché Daniel?

D: Con l'introduzione degli smartphone nel 2009, i telefoni "intelligenti" hanno modificato l'iter della comprensione, la tecnologia impoverisce, in parte, le facoltà intellettive dell'uomo. Nell'uomo, gli elementi principali dell'apprendimento sono la lentezza, la profondità, e la selezione del sapere. In pratica il digitale funziona al contrario, secondo me siamo entrati nell'era del transumanesimo e non ce ne siamo neanche accorti. Alcuni esperti dicono che l'intelligenza artificiale nel 2045 sarà un miliardo più intelligente di tutti gli esseri umani, questa cosa mi spaventa tantissimo.

A: Vero! L'uomo è disposto a tutto pur di avere garantita la vita in eterno, Platone diceva che l'uomo è l'essere mediano tra natura ed animali ma se un giorno ci saranno più macchine che uomini, che ruolo avremmo nel futuro?

M: Secondo me potremmo entrare in una fase di eclissi dell'uomo, a favore di un mondo dell'era dell'intelligenza artificiale, questo scenario è terrificante, speriamo che si riesca a governare questo avanzamento tecnologico, ed avere un equilibrio di gestione, anche sulla disoccupazione tecnologica, che sarà un grande problema.

C: Bisogna partire da un concetto molto basico, le macchine non hanno coscienza di quello che fanno, quindi per l'uomo, per la natura, per gli animali, si potrebbero creare delle situazioni pericolosissime ed inimmaginabili.

V: Comunque le macchine e i robot non saranno mai in grado di produrre un vino rosso così buono!

Tutti: Risata!

Valentina alza il calice, cin cin a noi ed alla vita!

Tutti: Cin cin!

Il pranzo prosegue, le prime portate sono state apprezzate da tutti ed hanno quasi finito.

Arriva il cameriere, gradite anche un secondo? Un contorno? qualcos'altro?

Albe chiede che dolci ci sono in menù.

Cameriere: Tiramisù, panna cotta, babà allo strega, sorbetto, tutti preparati da noi tranne il babà allo strega.

D: Io voglio assaggiare il babà allo strega.

A: Idem.

C: Anch'io.

M: Sì perché no!

V: Beh allora come posso prendere altro, ok anche per me.

Cameriere: Bene allora, Babà allo Strega per tutti.

Arriva il dolce.

A: Buono questo babà allo Strega.

Il cameriere era nelle vicinanze, e spiega che è una specialità della Strega Alberti a Benevento e la si può acquistare un po' ovunque nei supermercati

A: Quasi quasi, potremmo prenderle, grazie!

Cameriere: Di nulla.

Il pranzo si è concluso con un caffè per tutti, offerto dal proprietario, ora un salto a casa e poi direzione Apice, la città fantasma.

CAPITOLO 12

Apice Ghost Town

Il gruppo si avvia verso casa.

M: Io porto uno zaino con un'acqua, un pullover e anche dei crackers.

V: Si anch'io prendo una tracolla e metterò dentro più o meno le stesse cose, sono emozionata, visitare una città fantasma, non so cosa aspettarmi.

D: Andare ad Apice, sarà un'emozione, poi il tutto è nato per puro caso. Farò un post su Instagram su questa Ghost Town, scriverò anche che il nonno di Frusciante dei R H C P arriva ad Apice e del legame della sua famiglia con il paese nei pressi di Benevento.

A: Secondo me tantissima gente cercherà Apice Ghost Town.

Daniel legge per tutti, a voce leggermente più alta: Sicuro! Bene ho fatto delle ricerche, ecco cosa ho trovato, partiamo da un presupposto che l'Italia è la nazione dai mille borghi ed Apice è uno dei tanti. Il paese inizialmente nasce come accampamento romano, in occasione della costruzione della via Appia. I lavori per la strada iniziarono nel 312 AC e ci vollero quasi 200 anni per terminarla, il percorso collegava Roma con Brindisi, la Via Appia alla fine dei lavori contava una lunghezza di ben 560 chilometri.

M: Caspita un'opera imponente per l'epoca.

A: Mercedes la storia di Roma è immensa e Roma era veramente il centro del mondo, ora credo sia New York, John Lennon fece un paragone del genere devo averlo letto da qualche parte recentemente.

Mercedes accenna Imagine di Lennon, in casa c'è una tastiera portatile ed è subito magia.

"Imagine there's no heaven
It's easy if you try
No hell below us
Above us, only sky
Imagine all the people

Livin' for today
Ah

Imagine there's no countries
It isn't hard to do
Nothing to kill or die for
And no religion, too

Imagine all the people
Livin' life in peace
Yo"

Courtesy: Compositori: John Winston Lennon
Testo di Imagine © BMG Rights Management, Capitol CMG Publishing, Royalty Network, Songtrust Ave, Sony/ATV Music Publishing LLC, Warner Chappell Music, Inc.

Mercedes canta benissimo, applausi.

Tutti insieme, in coro e con un applauso.

Daniel si lascia andare ad un abbraccio, con Mercedes era talmente spontaneo che non si è reso conto di cosa stesse veramente facendo. Beh, è indubbio che tra i due ci sia una chimica, un'attrazione, se ne sono accorti tutti.

Valentina, Claudia e Mercedes sono pronte per partire, nel frattempo Albe e Daniel sono già scesi.

V: Ci siamo?

M: Si.

C: Si andiamo!

Si avviano verso il garage.

A: Non so cosa aspettarmi.

D: Di sicuro un 'esperienza unica, visitare un paese disabitato.

Dopo un breve cammino salgono in auto e si parte.

Albe è alla guida.

C: Ho inserito la destinazione nel navigatore, sono circa 20 km. Bene si va.

D: Va bene se ascoltiamo su un po' di musica? Tutti sceglieranno una canzone e la mettiamo ai voti?

Tutti: Sì sì che bella idea.

D: Mercedes scegli una canzone.

M: La prima che mi viene in mente?

D: Si.

M: Bene io scelgo.... There is a light that never goes out, The Smiths

A: Gli Smiths! Molto "Alternative ".

D: Claudia scegli un pezzo.

C: Aspetta, non so, Depeche Mode, Walking in my shoes

A: Bello il pezzo dei Depeche!

D: Albe tocca a te, intanto Vale pensaci.

A: Verve, Bitter Sweet Symphony.

M: Bella! Adoro i Verve bravo Albe!

C: Si stupenda.

D: Allora Vale?

V: Sono indecisa, ma la mia prima scelta è Red Hot Chili Peppers Scar Tissue, se stiamo andando ad Apice, è un po' anche per loro.

D: Che pezzi, una playlist pazzesca!

M: Ora tocca a te.

D: I Red Hot la stessa di Vale.

Tutti: Belloooo.

D: Ok con cosa iniziamo?

M: Dai con la tua!

In auto verso Apice, con la musica dei Red Hot, Verve, Depeche Mode, The Smiths.

C'è un po' di traffico in città, ma appena fuori dal centro, il viaggio prosegue senza intoppi, la playlist poi rende i paesaggi ancora più interessanti, in auto si respira un senso di libertà, di avventura.

Albe chiede quanto manca?

C: Siamo quasi arrivati. Aspetta, rallenta, al prossimo incrocio svolta a sinistra, per quella salita.

A: Ok ci sono, ora seguo la strada? Il cartello stradale indica l'ingresso ad Apice.

C: Si prosegui per un chilometro ed ottocento metri e dovremmo esserci.

D: Bello il paesaggio, ha qualcosa che mi ricorda la Toscana.

V: Vero, ho avuto la stessa impressione.

A: Dovremmo esserci.

C: Il navigatore mi segnala che siamo vicinissimi. Si ci siamo, guarda parcheggia da quella parte, c'è posto.

Albe parcheggia. Scendono tutti dall'auto, si guardano un po' intorno, non si sentono molti rumori, anzi si ode il cinguettio degli uccelli, i suoni della natura.

Ci sono dei signori che chiacchierano. Mercedes si avvicina.

M: Buon pomeriggio, posso chiedere un'informazione?

Signori: Certo!

M: Vorremmo visitare Apice Vecchia, ci potreste gentilmente dare qualche indicazione?

Signori: Certo! proseguite in quella direzione indicando una strada ed al secondo incrocio svoltate a destra, un po' più avanti troverete Apice Vecchia. Una curiosità, signorina lei da dove arriva? Ha un accento spagnolo.

M: Si sono Argentina.

Signori: Ma parla benissimo l'italiano, mia sorella vive in argentina a Buenos Aires.

M: Io sono di Mar Del Plata, ma sono cresciuta con tantissimi figli di italiani e nel quartiere si parlava italiano ovunque, poi l'ho studiato all'Università. Lei è mai stato in Argentina?

Signori: No, io no, ma mio fratello ci è andato una decina di anni fa, e mi ha raccontato che Buenos Aires è una città stupenda. Mio fratello mi ha anche detto che la città ha molte vicinanze architettoniche con Milano, lui ha studiato a Milano e conosce bene il capoluogo lombardo.

M: Non lo so, ma andrò a Milano la prossima settimana e sarà la prima volta per me, magari la osserverò con un occhio diverso, interessante, grazie per questa peculiare informazione. A presto arrivederci.

Signori: Arrivederci e ci saluti l'Argentina.

M: Lo farò!

M: Allora dobbiamo andare in quella direzione (Mercedes indica la strada).

Il gruppo si incammina verso Apice vecchia, non è molto distante, si intravedono le mura, le abitazioni. In giro non c'è nessuno, si ode in lontananza il tintinnio delle campane del bestiame al pascolo, il canto degli uccelli. I suoni della natura affiorano in un contesto un po' fiabesco, unico per certi versi. Entrano nella città fantasma, l'aspetto del borgo è delicato e vulnerabile, un equilibrio minacciato dall'usura del tempo che ad Apice si è fermato nel 1980, anno del terribile terremoto che sconvolse l'Irpinia e parte della Basilicata. Dal 1980 in poi, il paese venne completamente abbandonato perché inagibile e pericoloso, negli anni a seguire, poco distante, venne costruita Apice Nuova. Daniel ha l'impressione di entrare in un luogo che non è solo quello che si vede, è come se fosse un portale per un altro mondo. Incredibilmente silenzioso, questo luogo disabitato, non ti fa sentire solo (anche se in compagnia a volte ci si sente soli), Daniel avverte una calma speciale, incrocia lo sguardo con Mercedes anche lei è incantata dal posto, un sorriso, uno sguardo ammiccante, nessuno parla, sono tutti affascinati dal sito.

La natura si è ripresa gli spazi divenendo il nuovo complemento delle strutture esistenti. Daniel decide di vivere questa esperienza ascoltando Riders on the Storm dei Doors,

Jim Morrison si relazionava con il pubblico come un antropologo e non come musicista ed in questo contesto ci sta benissimo. Il cammino continua, le abitazioni contengono ancora degli arredi, un tavolo, e perfino in un garage, una vecchia auto, il tutto cristallizzato, come in una realtà bloccata in vitreo. Le note dei Doors accompagnano questa esperienza di Daniel, entra in una abitazione, ci sono ancora degli affreschi sulla volta, il paese aveva un'economia tendenzialmente agricola ed orientata al business dell'allevamento, Daniel crede di essere entrato nell'abitazione di una famiglia benestante, perché la casa è ricca di dettagli architettonici ed ornamentali e stranamente ancora in buono stato. In una stanza c'è un armadio, è un armadio in cipresso, Daniel lo riconosce subito, perché sin da piccolo ha frequentato il laboratorio di falegnameria dei suoi vicini di casa. Gli armadi in cipresso hanno la proprietà di tenere lontani gli insetti ed i parassiti, grazie al loro particolare odore ed è un materiale perfetto per gli armadi, cassapanche, etc. Scatta delle foto, saranno i plus che sfoggerà ai suoi amici in Canada. Il gruppo prosegue il cammino tra i vicoli di questo paese veramente unico, Apice infatti è stata definita la Pompei del 900. Daniel si chiede chissà quale sarà l'abitazione del nonno di Frusciante. Ad un certo punto su di una palazzina si scorge una targa in marmo che recita "In questa casa il 11 dicembre 1887 nacque Orlando Cantelmo. Daniel googolizza Orlando Cantelmo, era un chirurgo ed un rinomato scienziato.

Daniel decide di entrare nello stabile. Al piano terreno c'è ancora un bancone di un Bar, forse risalente agli anni '70, mentre ai piani superiori di Palazzo Cantelmo, questo è il nome dell'edificio, si imbatte in una residenza nobiliare, che conserva ancora degli arredi ed un soffitto decorato, l'edificio è ancora in buono stato e si notano oggetti di vita quotidiana, da alcune poltrone, ad un appendiabito ed altri oggetti di uso comune, bottiglie, bicchieri, etc. Daniel prosegue l'esplorazione ed arriva sul terrazzo del palazzo, la vista è magnifica, si vedono in lontananza le colline ed i monti del Sannio, ed anche la Dormiente del Sannio. La Dormiente è il profilo del massiccio del Monte Taburno e si scorgono le sembianze di una donna distesa con i piedi verso la valle Caudina e la testa formata dal Monte Pentine verso la Valle Telesina. La leggenda narra che la donna si ricollega al mito ancestrale di Madre terra e il suo essere immersa in un sonno profondo è il simbolo della tranquillità, pace, ed armonia dei luoghi in cui si adagia. Che posto suggestivo. Daniel resta incantato dal paesaggio, un luogo estremamente interessante che offre una combinazione di elementi, offre cose diverse, a persone diverse, e pensa, io che arrivo da Kleinburg sono qui, in un paese disabitato, nel sud dell'Italia, chi l'avrebbe mai detto. Michelle ne sarebbe rimasta affascinata. Gli altri raggiungono Daniel sul terrazzo, ed anche loro restano incantati dalla vista Mercedes si avvicina a Daniel, i due si sfiorano e si prendono per mano si godono il panorama. Mercedes indossa gli auricolari e si aggancia al telefono di Daniel.

Girl, you gotta love your man
Girl, you gotta love your ma
Take him by the hand
Make him understand
The world on you depends
Our life will never end
Gotta love your man, yeah

Riders on the storm
Riders on the storm
Into this house, we're born
Into this world, we're thrown
Like a dog without a bone
An actor out on loan
Riders on the storm

Compositori: James Morrison / John Densmore / Ray Manzarek / Robby Krieger
Testo di Riders on the Storm © Royalty Network, Unison Rights S.L.,
Warner Chappell Music, Inc, Wixen Music Publishing.

Jim Morrison ti infilava una mano nel cuore e ti portava nel suo mondo, la sua poetica aveva il potere di creare scenari incredibili con pochissime parole. Le sue liriche erano libere come la vita e Daniel crede che questo luogo sia magico, perché cerniera di mondi e culture diverse, un po' quelle che raccontava Morrison nelle sue canzoni.

Tutti si prendono del tempo per ammirare il panorama, metabolizzare l'esperienza, in un contesto dove la natura riempie i luoghi con i suoi suoni e si percepisce un senso di appartenenza a qualcosa.

Daniel pensa che questo viaggio gli stia dando delle emozioni inaspettate, un'intensificazione della propria vita, si trova in un posto isolato, ma connesso con il mondo, grazie ad una sua invisibile energia che si percepisce appena si entra nella ghost town, almeno è quello che è successo a lui.

Si avvicina Valentina.

V: Ma che meraviglia questo luogo, sarebbe bello vedere uno spettacolo di danza o magari una rappresentazione teatrale. Mercedes sarebbe stupendo vederti suonare il pianoforte nella piazza del Paese sarebbe uno spettacolo meraviglioso.

M: Beh un sogno!

D: Un'emozione solo a pensarlo, uno spettacolo del genere.

C: Vedere ed ascoltare Mercedes in un simile contesto, sarebbe uno show senza precedenti. Questo posto ha lo scenario perfetto, tra l'esistente e quello che c'era un tempo, si potrebbe creare una performance che solleciti il sistema percettivo, creando un coinvolgimento diretto, dove lo spettatore è dentro l'opera, con installation di luci, immagini da proiettare sulle abitazioni e poi la musica amplifica il tutto.

M: Claudia, ma sei bravissima, sarebbe un sogno per qualsiasi artista, potrebbe essere una performance fattibile perché non invasiva, rispettosa del luogo che già di suo è magico. Contattiamo Frusciante dei R H C P magari gli piace l'idea.

D: Sarebbe Rock Art vera! Un' opera d'avanguardia e da trasmettere live sul web, la guarderebbero in tanti. Io ci vedo anche Brian Eno in questo contesto.

A: Eh sì, lui ci andrebbe a nozze.

M: Beh, Brian Eno credo conosca questa zona, perché ha collaborato in diversi progetti con Mimmo Paladino, lui è di un paese qui vicino, della provincia di Benevento.

V: Non lo sapevo, noi domani andremo a visitare a Benevento l'Hortus Conclusus che ha progettato proprio Mimmo Paladino qualche anno fa.

Hortus Conclusus:

Espressione biblica del Cantico dei cantici (IV, 12), quale elogio dello sposo alla sposa; si adopera talvolta per indicare, con qualche preziosismo, l'intimità dei segreti pensieri o il geloso campo del lavoro intellettuale di uno scrittore, di un artista, di una scuola poetica*. Fonte Treccani

La visita alla ghost town di Apice sta volgendo al termine e tutti si sono immersi in questo luogo, in cui si percepisce una sorta di connessione interiore. Ognuno la vive e la interpreta a modo suo, e sui volti di tutti si può leggere un senso di soddisfazione sottile ma tangibile, come un'esperienza positiva.

Il gruppo si avvia verso l'auto e Daniel parla con Albe, chiedendogli cosa ne pensa di questa ghost town.

A: Beh, all'inizio avevamo visto qualche foto su Internet, ma camminare per questo borgo deserto mette inizialmente un po' di soggezione. Ma poi ci si abitua, ci si allinea con il luogo ed inizi ad apprezzarlo nei minimi dettagli. Non lo si guarda più solo come spettatore, ma pian piano ci si sente parte integrante del contesto e si diventa osservatori privilegiati. Essere fuori dal proprio contesto aiuta, secondo me, a essere più analitici e meno banali. La mente della gente è forzata a compiere atti identici, ma questo luogo riesce ad alimentare nuovi punti di vista. Credo che non solo mi abbia arricchito culturalmente, ma anche spiritualmente.

Più in là le ragazze chiacchierano tra di loro. Vale chiede a Claudia, perché non vi fermate? Ripartite domani c'è un divano letto in casa, riusciamo a starci tutti.

C: Vale non posso, domani ho degli impegni a Vasto, e poi non abbiamo cambi, non abbiamo portato nulla, dai comunque ci vedremo a Milano.

V: Che peccato, noi domani vorremmo andare a visitare sia l'Hortus Conclusus di Paladino nonché il luogo magico dei due fiumi, ci accompagnerà forse un mio cugino, vedremo.

Tutti in auto verso Benevento.

D: Sarebbe bello trascorrere una giornata intera ad Apice, dal tramonto all'aurora, immagino l'unicità del luogo ancora più misterioso ed affascinante, anche rock, secondo me.

M: Si il posto è molto rock, io lo associo ad un pezzo dei Cure, Burn.

V: Vero Mercedes io non lo so, The Cinematic Orchestra To Build a Home ce lo vedo in quel posto.

A: Bello Vale! Quel cd lo abbiamo ascoltato tantissimo, io non ho dubbi Still dei Daughter

M: Non la conosco.

Daniel la cerca e la mette in onda in auto. Ecco Still, volume bello alto!

Il viaggio verso Benevento è seguito da un tramonto che in certi scorci illumina l'abitacolo, il panorama delle colline sannite delinea un paesaggio ricco di vegetazione, coltivazioni di uliveti e di qualche vigneto. La primavera inoltrata è ricca di profumi, che inondano l'abitacolo, l'agricoltura ha forgiato la natura con delle regole che poi si trasformano in bellezze. Le alberature lungo i confini, ma anche le siepi, producono l'effetto straordinario di un paesaggio curvilineo e suddiviso in forme che si collegano tra di loro in perfetta armonia. Arrivano a destinazione. Albe parcheggia l'auto in garage.

V: Dai venite su, ci riposiamo e poi quando lo desiderate partite per Vasto.

C: Si ci fermiamo ancora un po', che bella giornata, intensa, emozionante, non la dimenticherò facilmente.

M: Si ho scattato tantissime foto, Apice è uno dei luoghi più suggestivi che abbia mai visitato, ha una sua energia.

V: Mercedes anch'io la penso come te, c'è un'energia in quel posto. Vale prende una bottiglia di Prosecco, i bicchieri. e stappa un Docg Millesimato. Allora brindiamo a questi incontri, a queste energie, a noi!

A: Buono questo prosecco!

V: In Italia il prosecco è pazzesco.

M: Vero anche più buono dello Champagne che resta ottimo, ma il prosecco è unico, da quando l'ho scoperto è la mia prima scelta, se poi è rosé, ancora meglio.

Tutti brindano e sorseggiano prosecco, Albe fa giusto un assaggio, perché dovrà mettersi alla guida a breve.

Daniel è sempre stato un attento osservatore, in generale segue gli atteggiamenti, i sorrisi, delle persone, di come si pongono con gli altri. Il ragazzo di Kleinburg da qualche tempo ha un approccio mentale diverso, in lui è subentrata una fase di apertura, di disponibilità che aveva nascosto da qualche parte. Questo viaggio in Italia, l'incontro con persone ricche di culture diverse, pone Daniel in un'intersezione sociale che lo spinge finalmente ad avere nuovamente una maggiore fedeltà all'allegria, alla leggerezza della vita ed osserva Mercedes con un occhio diverso, in lui si sono chiariti molti pensieri.

A: E' ora di andare, ciao cugino (abbraccia Daniel) ci vediamo a Milano e grazie per il prezioso regalo.

D: Si ci vediamo a breve mi mancherete. Daniel abbraccia Claudia. Con voi tutto sembra più bello

C: Dai Daniel, non farmi piangere, ci vediamo tra un po' e poi verremo prima o poi a trovarti in Canada.

D: Claudia ogni promessa è debito!

C: (claudia abbraccia Mercedes) Mercedes non vedo l'ora di essere in prima fila al tuo concerto, sarà meraviglioso.

M: Claudia mi sembra di conoscerti da sempre, per fortuna ci rivediamo.

A: (Albe abbraccia Valentina) Vale che piacere averti conosciuto, ci rivediamo a Milano sarà bellissimo!

V: Sì il destino è già segnato (risata), un piacere aver trascorso con voi questa giornata memorabile.

V: (Vale abbraccia Claudia) Milano ci aspetta, faremo un bel po' di giri insieme.

C: Certo! siiii ci vediamo Vale.

Claudia ed Alberto lasciano l'abitazione e si dirigono verso l'auto, direzione Vasto.

Mercedes si fionda sotto la doccia, poi Daniel e Vale si mettono a preparare qualcosa da mangiare. Hanno della mozzarella di bufala, dei pomodori da insalata, del basilico e del pane casereccio. Decidono di realizzare una ricca insalata, aggiungendo sedano, carote, pomodori, capperi di Pantelleria, pomodori secchi, olive e basilico fresco. Inoltre, come accompagnamento, utilizzano la mozzarella di bufala.

Vale lava le verdure, taglia i pomodori, pulisce le carote, riduce il sedano a dadini, e così via. Il profumo è allettante. Su un tagliere di legno, affetta il pane casereccio proveniente da un forno storico della città. La qualità del cibo è eccellente; sia le verdure che il pane sono biologici, e la differenza di sapore si percepisce a tavola. Mentre prepara tutto ciò, in sottofondo risuona un concerto di Monolink.

Prosecco, musica, buon cibo, persone giuste. Arriva un messaggio whatsapp, è Antonello, invita tutti a raggiungerlo in locale in città intorno alle 22.00. Vale vorrebbe subito rispondere ma trattiene l'entusiasmo, Antonello le piace molto. Intanto si muove in cucina a ritmo della musica di Monolink, alza il volume e dalla doccia Mercedes dice che adora questa musica.

Daniel esce dal bagno e si cambia, si mette una t-shirt di Bowie ed indossa un jeans storico di Fiorucci. Si dirige in cucina che buon profumo, cosa posso fare?

V: Prepara la tavola troverai i piatti in quel pensile le posate nel cassetto inferiore, intanto bevi un po' di prosecco.

D: Grazie, buono questo prosecco!

V: Ti faccio vedere un metodo per la degustazione del prosecco e/o spumanti. Una regola importantissima è non far ruotare il calice che contiene il prosecco, questo danneggerebbe la persistenza e la finezza del perlage. Una prima indicazione dell'analisi visiva inizia dalla spuma che si crea versando il prosecco nel calice. Dovrà essere fine ed asciutta e scomparire portandosi ai bordi del bicchiere in genere in dieci venti secondi. Dopo questa analisi, si porta il calice all'altezza degli occhi per valutarne il colore, tra il color oro, ed il giallo tenue. Si analizzeranno sia la persistenza che la grandezza delle bollicine. Il perlage, parte dalla base della bevanda e sale in superficie tendendo ad ingrandirsi. La valutazione va fatta a metà bicchiere, più le bollicine saranno piccole e più lentamente saliranno, maggiore sarà la qualità. Quando quest'ultima eccelle, la fontanella parte da metà bicchiere e sale a zig zag.

D: Caspita informazioni preziosissime Vale! Che bello! Grazie, non lo sapevo, ovvio se non lo sai tu!

V: Quando non conosci la cantina per un prosecco, io consiglio di prendere un DOCG, la produzione arriva tendenzialmente dalla provincia di Treviso tra Conegliano e Valdobbiadene, il DOCG è un indicatore di grande qualità. Poi trovi anche piccole cantine che producono dei prosecchi o spumanti di qualità eccellenti e non hanno grandi notorietà sul mercato ed in Italia ce ne sono tantissime.

D: Voi in Argentina che vini producete?

V: Principalmente il Malbec, è un vino rosso ma anche rosé. Il mio suggerimento è quello di stapparlo almeno un 'ora prima del consumo. Il vino deve respirare, non metterlo nel decanter, lascialo nella sua bottiglia e nel frattempo puoi preparare la cena, fare altro. Il Malbec è un rosso corposo, ricco di profumi fruttati e speziati, buono, buonissimooooo.

Nel frattempo, Mercedes finita la doccia si prepara per la cena, indossa una T-shirt con una stampa con il nome di Karl Lagerfeld su fondo bianco, jeans chiaro tendente al celeste, bella come il sole, Daniel non riesce a toglierle gli occhi di dosso.

Valentina nota lo sguardo di Daniel e l'espressione sul volto che ha fatto quando ha visto Mercedes, che dire, un libro aperto.

D: Le riempie un calice di prosecco e lo offre a Mercedes, lei lo guarda con un interesse diverso, si è anche accorta della diversa attenzione di Daniel nei suoi confronti.

Valentina è testimone di una sorta di danza di corteggiamento, un avvicinarsi ed allontanarsi, cercarsi e ritrovarsi, in un flow di sensazioni, movimenti, sguardi. L'amore è il nome che diamo al desiderio di essere uno (Platone il Simposio).

Gli antichi greci, credevano che una volta, gli umani avessero quattro braccia, quattro gambe ed una testa con due volti. L'uomo e la donna erano felici, completi, così completi che gli dei temendo che ciò placasse il bisogno di adorarli, li divisero in due, condannandoli infelici sulla terra e sempre alla ricerca dell'altra metà dell'anima. Si narra che, quando una metà torva l'altra, ci sia una tacita comprensione, una solida unione e che non esiste gioia più grande di questa.

Pronti per la cena?

CAPITOLO 13

Mercedes selezione una sua playlist, piatti a tavola.

D: Una fortuna avervi incontrato. Gli incroci della vita.

M: Abbiamo incontrato tante persone in questo viaggio, ma abbiamo legato solo con te, un motivo ci sarà.

V: E chissà per quale motivo...

Tutti ridono.

D: Allora cin cin alla vita, agli incontri, all'amore!

Cin cin, il prosecco è ottimo, e la cena prosegue. Vale ad un certo punto dice: alle 22.00 raggiungiamo Antonello in un locale qui vicino per bere qualcosa assieme.

M: Ma vi siete scambiati in numeri?

V: Sì.

M: Sei incorreggibile, chi ci sarà con lui?

V: Credo i suoi amici, ma se ci annoiamo, andiamo via.

M: Ora io e Daniel mettiamo a posto la cucina, tu vai pure a prepararti per la serata.

Daniel si avvicina a Mercedes, l'abbraccia, lei si presta, si baciano.

M: Daniel non vedevo l'ora di baciarti, abbiamo tutta la notte per recuperare. Il bacio di Firenze, un sogno.

D: Direi di sì!

Daniel e Mercedes scattano un selfie. Squilla il telefono di Daniel, è Greta sua sorella, in videochiamata.

Daniel risponde: Greta, sorellina come stai?

Greta: Bene, mi manchi fratello, qui fa caldo e tutti a Kleinburg mi chiedono di te.

D: Tornerò presto…

Greta: Rodrigo mi ha scritto, è vero che vi incrociate a Milano?

D: Si è probabile, andrò a Milano con Mercedes e Valentina, eccola lei è Mercedes.

M: Ciao Greta! Piacere di conoscerti.

G: Piacere mio, che bella l'Italia, Daniel mi ha mandato delle foto stupende, Apice poi, la città fantasma è un luogo unico, mi ha anche raccontato che sei una pianista.

M: Si, terrò un concerto a Milano la settimana prossima.

G: Si può vedere in streaming?

M: Non credo ma chiederò all'organizzatore.

Greta: Io sono una fan di Hania Rani, per me è bravissima.

M: Si molto brava! Vedo che con tuo fratello avete gli stessi gusti musicali.

G: Condividiamo tante cose, dai libri ai dischi.

M: Ti passo Daniel, un piacere averti conosciuto Greta e speriamo un giorno di incontrarci.

G: Si, se passate dal Canada la casa è grande, abbiamo posto.

D: Allora, come stanno mamma e papà?

G: Bene! ieri sera a cena, mamma parlava di te e di quando eri piccolo, ha ritrovato delle vecchie foto. C'era anche una foto di te e Michelle, eravate al parco, sai che l'ho sognata?

D: Mi manca tutti i giorni, ogni tanto ritrovo dei suoi messaggi, una foto o altro, è come se volesse dirmi qualcosa, mah, non lo so, sarà solo la mia immaginazione.

G: Daniel, ho avuto anch'io la stessa sensazione, quando mi sono svegliata, dopo averla sognata, per tutta la giornata, cercavo di ricordare dei dettagli del sogno ma non ricordavo bene tutto, avevo dei flash, poi ho aperto un cassetto per prendere una penna e li ho ricordato un particolare, lei stava scrivendo una lettera, ma per qualche motivo non ci riusciva, chissà cosa significhi, cosa le sarà successo. Michelle mi mancherà per sempre.

Il volto di Daniel è come un libro aperto, la tristezza si legge nei suoi occhi, anche i muscoli del viso sono tesi, è come se il suo fisico sentisse il malessere e cercasse di reagire per compensare il forte disagio.

D: Ti ricordi di Claudia, la fidanzata di Albe? l'hai vista in una chiamata a casa degli zii a Vasto,

G: Si la ricordo

D: Le ho mostrato una foto di Michelle e lei ha fatto una faccia, come se sentisse qualcosa, l'ha voluta vedere una seconda volta, ma poi non mi ha detto nulla. Albe mi ha raccontato che Claudia da piccola riusciva ad avere delle intuizioni, insomma un po' una veggente, una cosa del genere. Chissà?

G: Daniel, torna presto! Manchi a tutti e soprattutto a me, ti salutano quelli della falegnameria.

D. Salutameli, Greta ti voglio bene e saluta Mamma e Papà.

G: Certo un bacio.

M: Ma che bella tua sorella!

D: Sì per me, è sempre la mia sorellina.

M: Di cosa si occupa?

D: Lei è laureata in astrofisica e lavora in un istituto di ricerca di Toronto.

M: Che forza! Grande la tua sorellina.

D: Da piccola ha sempre voluto dei regali legati all'astronomia, un telescopio, poi un altro, un altro ancora, poi libri sulle galassie, sulle stelle, non so quante volte siamo andati al Planetario, all'Ontario Science Centre.

M: In famiglia di certo troverete spunti di dialogo.

D: Si guarda, Greta per un periodo della sua vita, parlava solo dei Beatles, ha stressato tutti, poi quella fase è scemata, ne sono entrate delle altre, ma tutte passeggere, niente a che vedere con l'ossessione dei quattro ragazzi di Liverpool.

M: Fidanzata?

D: Non più, ha frequentato per un paio di anni un ragazzo del Québec, ma poi le cose non sono andate avanti.

M: Ma voi parlate anche francese?

D: Sì, io e Greta l'abbiamo studiato a scuola, ma non lo parliamo quasi mai, in famiglia parliamo perlopiù in italiano e qualche volta in tedesco ma raramente.

M: Come mai in italiano?

D: Perché la parte italiana della famiglia di mia madre vive quasi tutta in Canada, quando eravamo piccoli con i cugini, zii, parlavamo solo in italiano.

M: I miei nonni materni erano italiani, anche noi in famiglia parliamo spesso in italiano.

D Ma dai! Ecco perché lo parli così bene.

M: Ho frequentato la scuola italiana in Argentina per i primi anni, poi l'ho sempre studiato, letto molti libri, inoltre spagnolo ed Italiano sono molto simili.

D: Vero.

Arriva Valentina, indossa una camicetta bianca con un collo svasato, simile ad un modello di Gianfranco Ferré degli anni '80/'90 e gonna di jeans corta con sandali con lacci alti, molto sexy

M: Vale sei stupenda, questa sera sarai al centro dell'attenzione!

D: Valeeee sei bellissima.

V: Se dobbiamo fare colpo facciamolo no!?

D: Dove si trova il locale?

V: Antonello mi ha inviato il link. Non è molto lontano da qui a piedi, saranno dieci, quindici minuti, si chiama KiloWatt, è un ex centrale elettrica o una cosa del genere, sto guardando le foto, che bello.

M: Fammi vedere, sì bello allora si va!

Si preparano per uscire.

M: Chissà che gente ci sarà al locale.

D: Sarà divertente conoscere nuove persone in città, poi Benevento è una città che trasmette una buona energia secondo me.

V: Ho parlato l'altra sera con alcuni amici di Antonello e sembrano simpatici.

D: A proposito di posti nuovi e viaggi, come andremo a Milano, con l'aereo?

V: No in treno! Mio cugino mi ha detto che c'è l'alta velocità che collega Benevento con Milano, comodo e veloce, in questo modo ci godiamo anche il paesaggio.

D: Perfetto domani prenotiamo.

V: Scrivo ad Antonello che stiamo arrivando. Ha risposto, ha un tavolo prenotato, ha inviato una foto.

M: Fammi vedere, è interessante Antonello.

V: Visto che scelgo bene (risata).

Arrivano al locale. Tutti li notano, in città si conoscono un po' tutti e Daniel, Mercedes e Valentina non passano inosservati.

Antonello si alza e con la mano saluta Vale, lei con un cenno gli fa capire di averlo visto.

Si dirigono verso il tavolo.

Antonello: Che bello rivederti! saluta anche Mercedes e Daniel, piacere di conoscervi, prego accomodatevi. Il tavolo è grande e ci sono diverse persone sedute, si presentano anche gli altri e si siedono.

A: Vi piace il locale?

D: Si bello! uno stile post-industriale, interessante, la sequenza delle ampie finestre ad arco mi ricorda le opere di De Chirico.

Antonello resta sorpreso dal commento di Daniel così come le altre persone sedute al tavolo.

Mercedes si siede di fianco a Daniel e lo abbraccia. Daniel resta stupito di questo slancio affettivo in pubblico di Mercedes, ma lei lo ha fatto di proposito, è per lanciare un messaggio preciso agli amici di Antonello, lei è con Daniel.

Al KiloWatt c'è un pianoforte, un eccellente pianoforte, un Steinway & Sons, Mercedes lo ha notato subito.

Antonello racconta che, nel locale c'è un palco mobile che può essere posizionato in diversi punti della struttura a seconda delle esigenze della serata. Il proprietario del locale ha lavorato per molti anni in Francia, nella progettazione di palchi per concerti, lui stesso ha disegnato il locale ed infatti è bellissimo.

D: Vorrei conoscerlo, chissà quante storie ha da raccontare.

Antonello: Certo! te lo presento appena lo vedo, lo chiamo. Tu Daniel, arrivi dal Canada vero?

D: Si, da un piccolo paesino dell'Ontario, sono in vacanza in Italia, questa nazione è meravigliosa.

A: Come vi siete conosciuti con Vale e Mercedes?

D. A Firenze ad un aperitivo, in un locale all'aperto.

Mercedes si avvicina a Daniel ed appoggia la testa sulla spalla, gli prende anche la mano, è molto affettuosa.

M: Serata stupenda quella di Firenze, ci siamo divertiti tantissimo, c'erano Dj da tutto il mondo, in quel locale suonava, se non ricordo male anche Rob B, DJ bravissimo.

A: L'ho sentito nominare credo sia del Nord America forse Canada.

M: Si forse Canadese.

V: Allora cosa si beve qui?

A: Prendiamo una Falanghina Brut?

D: Ok! Mai assaggiata.

V: Si dai la conosco buona!

Arriva la cameriera: Buonasera volete ordinare?

Antonello: Prendiamo tre bottiglie di Falanghina Brut e stuzzichini della casa e gentilmente se vede Amilcare gli dica che ci sono delle persone che desiderano conoscerlo, grazie.

Cameriera: Amilcare arriverà più tardi e tra un po' arriverà anche il vostro ordine, se c'è dell'altro chiamatemi pure. Buon proseguimento.

Antonello: Grazie.

Nel locale c'è molta gente, l'arredamento è un misto art nouveau, il KiloWatt è proprio arredato con stile.

Daniel nota delle lampade a sospensione, sono stupende, crede che siano originali, sono sicuramente delle Holophane o delle repliche, l'azienda ha oltre cento anni di attività e le loro lampade sono delle piccole opere d'arte. Chi ha progettato il KiloWatt non ha lasciato nulla al caso.

Vale parla anche con altre ragazze che siedono al tavolo, chiedono dell'Argentina, della vita in Sud America. La serata è leggera conviviale, la musica in sottofondo non disturba ed ha un suono cristallino, equilibrato, la qualità del locale è declinata in maniera eccelsa, nulla è lasciato al caso.

All'ingresso ci sono delle stampe di Giacomo Balla, di Carrà, ma anche delle opere di Mimmo Paladino, forse anche una di Enzo Cucchi, i diversi materiali artistici convivono in una invisibile leggerezza scenografica.

Dietro al concept di questo locale c'è stato tantissimo lavoro ed una meticolosa ricerca dei materiali. La progettazione evidenzia una convivialità architettonica di stili che si contraddistinguono e che si completano armoniosamente. Il banco del bar sviluppato in altezza contiene ai lati e sul fronte dei pannelli di alabastro trasparente, dal quale evade una luce, rilassante, tendente al color oro, che genera una piacevole atmosfera. Anche le sedie intorno alla zona bar, sono stupende e sono di Aldo Rossi (probabilmente il modello Milano). Il KiloWatt è bellissimo. Daniel ne resta veramente stupito.

Musica del locale:

Deep Forest Sweet Lullaby (world mix)

Night Bird (world mix)

Arriva la cameriera con un carrellino, ci sono gli stuzzichini della casa, con delle prelibatezze calde e fredde, un mix di prodotti locali e di cucina fusion. La Falanghina brut viene stappata al tavolo e servita in un flute con pancia leggermente più ampia. Il profumo del cibo è invitante.

Daniel è curioso di assaggiare il brut, il profumo indica che il metodo utilizzato per questo spumante è il "classico", la rifermentazione viene fatta direttamente all'interno della champagnotta. Gli aromi portano Daniel tra frutteti e coltivazioni di spezie, il tutto è molto promettente.

Valentina assaggia la Falanghina Brut, tutti gli ospiti al tavolo la osservano in silenzio per il responso, i commensali sono a conoscenza che, la famiglia di Vale, in Argentina, è ben nota per la produzione di vini, la loro cantina è considerata tra le migliori del Sud America. Dà il suo consenso, ottimo! Cin cin, inizia la serata!

Antonello chiacchiera con Valentina, sono seduti l'uno a fianco all'altro, c'è feeling tra loro due, lo nota anche Mercedes, chissà, l'amore è cosi imprevedibile.

Daniel riprende il suo viaggio mentale intorno a Michelle, anche se in ottima compagnia, in un posto magnifico, nulla riesce a compensare la mancanza di Michelle. Sa che probabilmente con Mercedes succederà qualcosa, lei è bella come il sole ed è una persona piena di risorse, talentuosa, ma non è Michelle.

Amilcare il proprietario del KiloWatt si avvicina al tavolo, saluta Antonello. Avevate chiesto di me.

Antonello: Sì, loro sono da pochi giorni a Benevento e volevano farti i complimenti per il locale, lei è Valentina e la sua famiglia ha origini sannite, ma vive in Argentina, lei è Mercedes, anche lei argentina, mentre Daniel è canadese con origini Italiane.

Amilcare: Un piacere conoscervi!

D: Ma quelle lampade a sospensione sono Holophane?

Amilcare: Wow risponde con tono sorpreso! Nessuno da quando ho aperto il KiloWatt mi ha posto questa domanda, sì lo sono Daniel! Complimenti hai un buon occhio.

D: Ho visto che c'è un ottimo pianoforte in sala, Mercedes è una pianista.

Amilcare: Davvero! Se vuole suonare qualcosa, sposto il palco ed animiamo la serata.

M: No, non saprei cosa suonare.

V: Dai Mercedes, sei bravissima fai una performance leggera, ispirati al locale.

Tutti: Dai Mercedes per favore facci sognare.

M: Ok va bene ma una cosa breve.

Amilcare: Bene dai, preparo il palco e ti annuncio, va bene per te?

M: Si ok, Vale non potevi tacere? Ed anche tu Daniel!

D: Dai che sei bravissima, sarà una performance meravigliosa e poi ti do un bacio portafortuna (ridono tutti), Daniel abbraccia Mercedes e le dà un bacio sulle labbra, leggero, ma che in un attimo fa scattare mille sensazioni e mille fantasie.

Amilcare: Allora torno appena è pronto il palco.

Mercedes sta pensando a cosa proporre, le è venuta subito in mente la colonna sonora di un film dei primi anni '90, perfetta per il KiloWatt.

Molte persone presenti nel KiloWatt salutano Antonello, e si fermano per uno scambio di battute veloci, il locale è molto in voga in città ed è frequentatissimo.

Intanto, Mercedes si estranea per avere un po' di concentrazione, chiede a Daniel di accompagnarla fuori, all'esterno ci sono delle panchine.

D: Allora Mercedes sei pronta?

M: Sì ma ho bisogno di concentrarmi un po'.

D: Hai pensato a cosa suonare?

M: Sì sicuramente Michael Nyman poi seguirò l'istinto del momento.

Daniel la bacia, andrà benissimo!

M: Con te mi sento a proprio agio e non mi capita di frequente, vorresti ascoltare qualcosa in particolare?

D: Si mi piacerebbe ascoltare ….., le sussurra un titolo in un orecchio.

M: Ok la farò per te, Mercedes bacia Daniel.

Rientrano nel KiloWatt, Vale nota i loro volti, sono raggianti, qualcosa sta accadendo.

Si siedono al tavolo, le altre persone chiacchierano tra di loro, ma cercano un dialogo anche con gli "stranieri", ponendo delle domande, di come si vive nelle loro città, etc

Si avvicina Amilcare e chiede a Mercedes quando vorrebbe iniziare.

Mercedes: Tra una decina di minuti magari, meglio quindici.

Amilcare: Ok! vuoi appoggiarti in un camerino?

Mercedes: Si sarebbe perfetto.

Amilcare: Ok allora andiamo.

Con Mercedes va in camerino, anche Vale, Daniel resta al tavolo, vuole godersi la performance.

Il camerino è accogliente, Amilcare le spiega che avrà un microfono per la voce ed un altro per il pianoforte.

Amilcare: Ma tu sei una professionista, ho letto che suonerai a Milano tra qualche giorno.

M: Si farò una performance di un mio spettacolo, c'è di mezzo il cinema, una mia grande passione.

Amilcare: Sarà favoloso ne sono certo! Ho letto che la tua performance sarà legata alla Dolce Vita di Fellini.

M: Si su quel film! È un'opera che adoro.

Amilcare: Grazie per accettato di esibirti al KiloWatt!

Amilcare ha lavorato per anni nel Music Business in Francia, progettava palchi e sa come muoversi con gli artisti; infatti, nel camerino c'è un piccolo buffet, con acqua, bevande e frutta, inoltre il camerino è provvisto di un bagno privato.

Vale che conosce da anni Mercedes, sa che ha bisogno di un po' di tempo per sé, la lascia sola e le dice che, se ha bisogno è in corridoio.

Nel frattempo, al KiloWatt, si sparge la voce di una performance live, c'è uno strano brusio ai tavoli, sono tutti curiosi di conoscere l'artista, molti hanno avuto, con il passaparola, informazioni da Antonello e dai suoi amici.

Un assistente di Amilcare è nei pressi del camerino, accompagnerà Mercedes al palco, ha un interfono ed è costantemente aggiornato da Amilcare. L'assistente avverte Mercedes dicendolo che mancano tre minuti. Ad un certo punto tutte le luci del locale diventano intermittenti, parte Sympathy for the Devil degli Stones, il palco mobile si muove, magia pura, il KiloWatt emana una sua invisibile energia ed è sicuramente Rock.

La voce annuncia: dall'Argentina e con immenso piacere, accogliamo Mercedes Sousa!!! Si abbassano le luci.

Le persone in sala applaudono. Mercedes è già in posizione al pianoforte. L'assistente l'aveva accompagnata al buio e nessuno lo aveva notato. Si accende una luce su di lei e parte l'applauso in sala. Sembra uno spettacolo vero e proprio, le luci nel locale sono calibrate per dar risalto al palco e all'artista.

Mercedes inizia a suonare, apre con The Piano di Michael Nyman, dopo poche note, tutti capiscono che sullo stage c'è una grande artista, la bellezza del pezzo ed il tocco di Mercedes sul pianoforte incantano tutti. Antonello guarda Daniel, facendogli capire lo stupore e la magia che Mercedes che sta generando, il tutto è fantastico. Anche Amilcare resta sorpreso, se lo immaginava, ma non a questo livello, Mercedes ha stregato il KiloWatt.

Mercedes chiude il primo pezzo. L'esecuzione è stata come un dialogo aperto con la platea, le note vibravano nell'aria, attraversando gli spazi scenici del KiloWatt con una parabola invisibile, che a destinazione hanno toccato il pubblico in maniera quasi diretta, quasi personale ed era solo la prima canzone. Applauso!

Mercedes: Buona sera a tutti, è un piacere essere qui con voi, Dal pubblico: sei bellissima e bravissima!

Mercedes: Grazie, grazie, questa canzone è per Daniel. -applauso del pubblico-, e che la musica possa farvi sognare, e portarvi dove la vostra fantasia ed il vostro cuore si sentono a proprio agio.

Coldplay Scientist.

Mercedes continua con David Bowie con Life on Mars,

chiude con Immagine di Lennon.

Mercedes si alza in piedi, va verso il centro del palco, si inchina e ringrazia il KiloWatt, la platea ha avuto il privilegio di ascoltare un vero talento.

Standing Ovation!

Mercedes si emoziona, guarda incredula il pubblico, la magia che ha creato in pochi minuti le viene riconosciuta, senza filtri, in maniera spontanea, quasi viscerale. Tra il pubblico c'è anche con un po' di incredulità, nessuno si aspettava una performance del genere.

Mercedes con l'assistente si dirige verso il camerino. Daniel con Vale la raggiungono....

D: Mercedes hai suonato in maniera sublime.

V: Vero! Avevi un tocco su quel pianoforte pazzesco, ogni nota arrivava dritta al cuore!

Ci sono delle persone che posseggono una speciale energia, questa energia viene tradotta il più delle volte nella loro arte. Questo flusso creativo, in molte circostanze è paragonabile alle esperienze degli adolescenti, dove accade tutto per la prima volta e nell'arte a volte, questo accadimento si manifesta. Il miniconcerto di Mercedes al KiloWatt è prova tangibile di questa toccante magia.

M: Si mi sentivo a mio agio. Il suo sguardo incrocia quello di Daniel che la abbraccia e la bacia.

Vale pensa che sia scattato qualcosa tra di loro, i loro sguardi, i loro atteggiamenti non sono ordinari, mostrano affetto, complicità, attenzioni l'uno verso l'altro. Vale conosce Mercedes da sempre, la conosce da quando, da piccola, andava al mare a Mar del Plata, e da allora, si sono sempre sentite, viste, ogni occasione diveniva pretesto per fare qualcosa insieme.

I tre tornano al tavolo. Lungo il percorso, le persone fanno complimenti a Mercedes, esprimendo ammirazione in modo non invadente e lasciando a Mercedes e ai suoi amici la loro libertà. Loro sono al KiloWatt come tutti gli altri, sono lì per trascorrere una serata piacevole e spensierata.

Giunti al tavolo, Antonello ed i suoi amici si alzano in piedi ed applaudono, Mercedes è anche un po' intimidita, ma sorride, è contenta, radiosa.

Antonello: Mercedes grazie per il regalo di questa sera, è stato un vero privilegio per noi. Nel frattempo, si avvicina Amilcare.

Amilcare: Grazie per il miniconcerto, credo che per la maggior parte dei presenti, sia stato molto emozionante. Antonello ed i suoi amici questa sera saranno miei ospiti, Amilcare lascia sul tavolo dei free drink per tutti. Poi da un sacchetto con il logo del locale, prende una T-shirt del KiloWatt e si avvicina a Mercedes. Mercedes questa T-Shirt è per te, un omaggio ed un ricordo di questa serata.

Mercedes: Grazie! Ma che meraviglia questa T shirt Amilcare, ti rappresenta, è la firma del tuo locale.

Molti scattano delle foto, la consegna della T-shirt sembra la consegna di un Grammy, i presenti al KiloWatt seguono con grande attenzione il tutto.

Amilcare: Grazie Mercedes, non farmi commuovere!

Antonello ad un certo punto si dirige verso il palco e prende il microfono.

Antonello: Buonasera a tutti! Propongo un brindisi per la bravissima, bellissima e meravigliosa Mercedes per l'omaggio musicale di questa sera! Grazie Mercedes! Per Espera ad Astra! Cin cin. Il KiloWatt brinda in toto, cin cin ed applauso! Amilcare e Mercedes si abbracciano. Ancora Applausi!

D: Che emozione, da una semplice serata è venuta fuori una vera celebrazione.

M: Vero.

D: Sei stata tu Mercedes, solo tu. Poi questa sera sei strabellissima, Daniel le prende la mano, lei sorride, Daniel l'abbraccia si baciano.

Nel KiloWatt da qualche minuto, la musica si è alzata, c'è un DJ si chiama Marck M. e l'inizio è ottimo.

Indeep Last Night the Dj save My life.

Public Enemy He Got the Game.

Antonello e Vale sono seduti fianco a fianco, Mercedes nota che tra di loro c'è una chimica, poi Vale è attraente e solare. Che bella, Vale la sua amica da sempre!

La serata prosegue leggera e tra gli amici di Antonello è presente un'allegria espansiva, la musica del KiloWatt ti fa ballare, ti fa evadere, una serata stupenda.

Al tavolo oramai sono numerose le bottiglie di Falanghina stappate, all'ennesimo brindisi, Vale abbraccia Antonello, e lì scatta il bacio, la tavolata applaude. Qualcuno chiede "ma quante bottiglie abbiamo bevuto?"

Vale ad alta voce: Amori, anni e bicchieri di vino, non dovrebbero mai contarsi

Tutti: Sii brava Vale. Mercedes abbraccia Daniel, chi l'avrebbe mai detto una serata così

D: E non è ancora finita, tra un po' andiamo a casa

M: Si voglio stare con te Danielito, la Falanghina fa emergere l'anima sud americana di Mercedes.

Valentina si diverte con Antonello e gli altri amici al KiloWatt. Il locale con il dj dà il suo beat al KW

Depeche Mode Soothe my Soul

Rufus du Sol On My knees

Robert Miles Children

Planet Funk Inside all the people

Mercedes e Daniel decidono di tornare a casa. Mercedes va da Vale e le dice, noi andiamo a casa tu sei ok?

V: Si, io resto con Antonello e lo abbraccia. Mercedes saluta Antonello, mandatemi poi un messaggio per dirmi cosa fate.

Antonello: Si tranquilla, Vale mi ha girato il tuo numero, forse andiamo da me, per una spaghettata.

Mercedes e Daniel si avviano verso l'uscita, tantissimi ospiti del KiloWatt salutano Mercedes ringraziandola e arriva Amilcare.

Amilcare: Non potevo non salutarti, grazie Mercedes, e se vi capita di passare nuovamente dal mio locale, sarete sempre i benvenuti.

M: Certo grazie per l'ospitalità. Bella la musica, il DJ è bravo! Poi la T-shirt è pazzesca!

D: Vero!

Amilcare: Si lui è di Benevento ma ha lavorato a Roma, Milano ed in giro per l'Italia, viene da noi due volte al mese.

Mercedes: Daniel va bene se andiamo a conoscerlo?

D: Si perché no! E poi andiamo a casa.

Amilcare: Certo! Andiamo, vi accompagno.

Attraversano il locale e raggiungono il DJ.

Amilcare: Marco, loro sono Mercedes e Daniel, volevano conoscerti!

Marco: Grazie! Mercedes la tua performance è stata immensa, Daniel piacere!

Mercedes: Mi piace la musica che metti, cose molto ricercate.

Marco: Si cerco sempre di dare un orientamento musicale alla serata, seguo molto l'ispirazione al mood che intercetto nei posti. Il KiloWatt è unico, qui c'è una convergenza tra arte, energia, cultura, io la considero come un'isola, ovunque ti giri hai un orizzonte.

D: Vero, che bella l'osservazione che hai fatto sull'isola, un saluto Marco, è stato un piacere conoscerti.

Marco: Piacere mio. Lascia un biglietto da visita a Daniel.

Mercedes: Buonanotte noi andiamo.

Mercedes e Daniel si dirigono verso l'uscita. Fuori dal locale diverse persone salutano Mercedes.

La notte è calda ma non afosa, sarà una bella passeggiata.

Ad un certo punto si avvicina una macchina, alla guida c'è una ragazza, era con loro al tavolo: "volete un passaggio?"

Mercedes si grazie, siamo un po' stanchi.

Ines: Dai salite!

D: Grazie ci voleva proprio.

Ines: Dove alloggiate?

Mercedes: In Piazza Piano di Corte.

Ines: Si è qui vicino.

Mercedes: Ines giusto?

Ines: Si.

M: Ines cosa fai nella vita? Lo avevi detto a tavola ma poi con tante persone, non ricordo più.

Ines: sto seguendo un corso di specializzazione in biotecnologie mediche a Milano, molto impegnativo, ma è una cosa che mi appassiona molto. Milano poi, è una città molto stimolante.

D: Noi ci andremo tra qualche giorno.

Ines: Potete prendere il treno, è comodissimo.

Mercedes: Si infatti lo prenderemo, il panorama italiano è stupendo, poi amo viaggiare in treno.

Ines: Anch'io sarò a Milano nei prossimi giorni, magari ci incrociamo.

D: Mercedes terrà un concerto all'interno della rassegna The Piano City.

Ines: Se sarò a Milano nel giorno del concerto, verrò a vederti! Questa sera sei stata pazzesca.

Mercedes: Grazie il posto mi ha ispirato, molto bello il KiloWatt.

Ines: Si forse il più bello della città. Siamo arrivati.

Mercedes: Grazie per il passaggio sei stata gentilissima.

D: Grazie Ines, buona notte.

Ines: Buonanotte!

14 CAPITOLO

Unexpected Love

Daniel e Mercedes hanno un solo pensiero in mente, è un pensiero che più volte si è manifestato, è lì da qualche tempo, quello di fare l'amore. Si baciano all'ingresso dell'appartamento, non riescono neanche ad entrare in casa, l'impeto e la passione li coinvolge, li travolge, per Daniel è una novità, dopo Michelle, non è mai stato con nessun'altra donna. Entrano in casa, Daniel bacia Mercedes, ed in una sorta di danza amorosa, ognuno ha spogliato l'altro, sono praticamente quasi senza vestiti, hanno indosso solo l'intimo, Daniel dopo un paio di tentativi riesce a sganciare il reggiseno di Mercedes, un reggiseno molto sexy, in pizzo nero e grigio, sono quasi arrivati in camera da letto. Mercedes ha un corpo statuario, Daniel toccandole i seni, avverte una sensazione di bellezza. Mercedes ricorda per le sue forme la Dafne di Bernini la testa, il corpo, ed il cuore, sono partiti per un viaggio verso il piacere, le sensazioni sono forti, molte sono sorprendenti. Tra Daniel e Mercedes c'è una naturale intesa, ogni gesto, ogni movimento, è spontaneo, non c'è bisogno di cercarlo, arriva da solo. L'intesa è fisica, ma anche mentale, il loro linguaggio è quello universale, quello dell'amore, quello di stare insieme e come recita Platone dal simposio "L'amore che diamo al desiderio di essere uno "

One U2

Mercedes: Ti prego dimmi qualcosa che possa portare con me per sempre.

D: Stare con te o non stare con te, è la misura del mio tempo. E' una frase di un autore Argentino. (Jorge Luis Borges)

Mercedes bacia Daniel, Oramai è notte fonda si addormentano, è stata una serata ricca, in tutti i sensi.

Sono le 09.30 del mattino, Mercedes controlla se Valentina sia nell'altra stanza da letto. Non c'è. Cerca il suo telefono per vedere se c'è qualche messaggio di Vale, si ce ne sono diversi e tante foto, dopo il KiloWatt sono andati a casa di Antonello e Vale si è fermata a dormire li.

Mercedes sveglia Daniel: Buongiorno tesorino.

D: Buongiorno, che ora sono?

M: Le 09:40, Vale è rimasta a dormire da Antonello.

D: Lo immaginavo, facciamo colazione?

M: Ho preparato una moka, tra un po' sarà pronto il caffè.

D: Mi alzo, gradisci una spremuta d'arancia?

M: Si grazie.

D: Preparo anche del pane tostato. Daniel è in cucina e Mercedes in bagno.

Squilla il telefono di Mercedes, lei risponde, Daniel capisce che dall'altra parte c'è Valentina.

Daniel è capace in cucina, ha sempre aiutato in casa, soprattutto quando doveva accudire sua sorella, spesso erano a casa da soli e Daniel si occupava di Greta. Succo d'arancia pronto, toast pronti e marmellata in tavola, la moka sbuffa e l'aroma del caffè si diffonde in casa.

Mercedes è ancora al telefono con Vale, si avvicina a Daniel, lo bacia e si siede a tavola.

Daniel con un gesto le fa capire se vuole del caffè. Mercedes gli indica di sì. Daniel prende una tazzina e versa del caffè, Mercedes indica il latte e Daniel lo aggiunge, Mercedes chiude la telefonata con Vale.

M: Ma che bella preparazione, toast, marmellata, succo d'arancia, bravo Danielito!

D: Mi piace tantissimo quando mi chiami Danielito. Allora Vale cosa ha combinato?

M: Si è fermata da Antonello e sai come vanno certe cose.

D: Si era capito ieri sera al KiloWatt, come sarebbe andata tra loro.

M: La sento serena, è un buon segnale. Oggi si fermerà da lui fino a pranzo, lui vive vicino Benevento, la sua famiglia ha una villa in campagna con un parco, Vale ha detto che il posto è stupendo. Passerà da noi una collaboratrice della famiglia di Antonello, per prendere un cambio per Vale.

D: La rivedremo? Ahhh risata.

M: Tra un po' le preparo il cambio, poi Daniel dobbiamo prenotare i biglietti del treno per Milano, partiamo domani nel pomeriggio o al massimo dopodomani, sentiamo anche Vale.

D: Si certo! Per me va bene qualsiasi giorno.

Squilla Di nuovo il cellulare di Mercedes, è Vale.

Mercedes risponde, dimmi Vale, parlano in spagnolo ….

Daniel va in doccia, dopo un po' lo raggiunge anche Mercedes e fanno l'amore…… Daniel è sempre più coinvolto, Mercedes lo guida ad un galateo d'amore contemporaneo, lui ne è affascinato.

M: Vale mi ha detto che ha una mezza idea di restare qualche giorno in più da Antonello e poi venire a Milano con lui.

D: Ma sei seria?

M: Si Vale mi ha detto che si trova benissimo con Antonello, ed hanno scoperto che la sua famiglia conosce molto bene la famiglia dei suoi zii, sai nelle piccole città capita molto spesso.

D: Quindi cosa facciamo?

M: Noi possiamo partire dopodomani e Vale ci raggiugerà più avanti, accompagnata o no, questo lo vedremo. Io e te Danielito, avremo a disposizione l'appartamento che ha bloccato l'organizzatore del concerto, ha due stanze da letto e due bagni, è bello grande, guarda, te lo faccio vedere, prende l'ipad e gli mostra l'appartamento.

D: Stupendo costerà una fortuna.

M: E' prenotato per 5 o 6 giorni non ricordo, dovrò vedere la mail, inoltre abbiamo l'opzione di proseguire il pernottamento ad una tariffa agevolata, ma dobbiamo confermarlo al massimo un giorno dopo il nostro arrivo.

D: Appena prenotiamo avverto Albe, lui e Claudia non si perderebbero per nessuna ragione il tuo concerto di Milano.

M: Ma che bella è, Claudia!

D: Si bellissima! Poi è forte, determinata, mi piace.

M: Io alle undici vado ad esercitarmi in conservatorio, ho la sala per circa un 'ora e mezza.

D: Io vado a fare un po' di spesa e pranziamo a casa?

M: Si va bene, prenotiamo il treno?

D: Si!

M: Io da contratto ho un rimborso del biglietto per due persone, tu sei ufficialmente il mio accompagnatore.

D: Bene!

M: Ecco c'è un treno Alta Velocità che parte nel primo pomeriggio, l'orario è perfetto, prediamo quello o l'altra opzione la mattina, sono indecisa

D: Io prenderei quello della mattina così abbiamo una mezza giornata a Milano.

M: Si hai ragione, quello della mattina. Ok, carta di credito pronta, andiamo in business, i prezzi non sono altissimi, dobbiamo inserire i nostri nomi, email, cellulare, fatto! Ora scegliamo i posti.

D: Guarda non scegliere questi, perché non riesci ad allungare bene le gambe, sono dei posti da quattro ed hai di fronte altri passeggeri, prendiamo questi due.

M: Si hai ragione, presi! Vado al pagamento, fatto, ci siamo, conferma acquisto, ecco i biglietti, partiamo dopodomani alle 09.22 con arrivo a Milano alle 15:20.

D: Avverto Albe, con un messaggio su whatsapp. "Ciao Albe, noi saremo a Milano dopodomani, intorno alle 15: 30 arriveremo in stazione, poi ti aggiorno su dove alloggeremo.

A: Albe risponde subito, "noi partiamo domani mattina, poi ci sentiamo per le ultime".

D: Scrivo anche a Rodrigo. "Rod sarò a Milano dopodomani aggiorniamoci. Saluti"

M: Allora mi preparo per andare in conservatorio.

D: Tra un po' esco anch'io.

Mercedes è pronta per andare ad esercitarsi, ha con sé, i preziosi appunti, gli spartiti per il concerto, porta anche l'Ipad che utilizza come schermo per le immagini.

M: Ciao Daniel ci vediamo dopo.

D: Daniel è sul balcone, è intento a spostare una pianta, sente in lontananza Mercedes uscire, ciao Mercedes a dopo.

Mercedes scrive a Vale, "Con Daniel ieri sera e stamattina è stato bellissimo, con lui mi sento bene, lui mi fa vedere le cose con leggerezza, ho paura di perdere la testa, sembra un incontro scritto nelle stelle, ma cosa mi sta prendendo!? Vale sono disorientata e felice, non mi sentivo così da non so quando".

Daniel a casa scrive nel suo Taccuino Rosso. Da qualche giorno è alla ricerca di un regalo per Mercedes, la scelta è veramente difficile, una borsa, un profumo, un libro, sono dei regali adeguati, ma non del tutto originali. Qualcosa troverà. Poi ha un'intuizione, prende l'Ipad cerca un sito in particolare, suo Zio di Vasto gli aveva mostrato una collezione a riguardo e la fortuna vuole che c'è il regalo giusto per Mercedes ed è un regalo STUPENDO!

Daniel, estremamente felice, effettua immediatamente l'ordine con consegna a Milano in un punto di ritiro. Questo rende tutto più semplice e inoltre il regalo arriverà in tempo per la consegna, la quale avverrà dopo il concerto a Milano. Dopo tanto tempo, Daniel si sente più spensierato; con Mercedes è come se avesse attraccato in un porto felice.

Daniel esce di casa e si dirige ad un mercato rionale, ha pensato di preparare degli spaghetti, pomodorini e basilico ed un'insalata con mozzarella di bufala. Al mercato prende i pomodorini, l'insalata, e trova anche la mozzarella di Bufala, i prezzi sono convenienti e la qualità sembra molto alta, i pomodorini sono profumatissimi. Aveva dimenticato il basilico, torna indietro, nel mentre trova un banco che vende, pane, focacce, panini, decide di prendere del pane, rispetto a quello che compra in Canada, la pagnotta è alta, con una corteccia croccante, chiede al venditore di dividere in due la "scanata di pane" termine locale per la pagnotta, ne assaggia un pezzo, una vera bontà.

Preso anche il basilico, si ferma in un minimarket per acquistare una bottiglia di vino, indeciso se prendere un bianco o un rosso, opta per un rosé, sceglie un Ambra Rosa, un rosato del Sannio Dop. Daniel conosce la cantina e va sul sicuro. Rientra in casa si riposa, e mette un po' di musica.

Gang of Youths The Angel of 8th Avenue

This Mortal Coil A Single Wish

VnV Nation When is the Future

Adrian Borland Stranger in the Soul

Beach Vacation It Soothes Me

Arriva un messaggio, è Mercedes, ha finito, sta tornando a casa. Daniel pensa, le devo far ascoltare Adrian Borland, era un genio, anche quando era con i The Sound che grandi!

Arriva Mercedes.

D: Non vedevo l'ora di rivederti, l'abbraccia.

M: Anch'io Danielito.

D: Ecco il mio menù: spaghetti con pomodorini e basilico, come secondo mozzarella di bufala ed insalata, in appoggio un rosato del Sannio. Senti come profumano questi pomodorini.

M: Si vero! in Italia è tutto buonissimo, poi i prodotti locali ancora di più.

D: Per la pasta abbiamo quella del famoso pastificio di Benevento, pensa la trovo anche in Canada, non a questo prezzo purtroppo, mia madre la compra sempre, è ottima anche l'integrale.

M: Ma che bravo Daniel, hai fatto tutto questo per me. Grazie, sai che potrei perdere la testa per te.

D: Io l'ho già persa Mercedes, e la bacia.

Il meteo cambia, si è annuvolato, è in arrivo un temporale. Mercedes assaggia un po' di pane

M: Buonissimo!

D: Si vero! Io mi devo trattenere, potrei mangiarlo tutto.

Daniel è intento a preparare il pranzo, l'acqua per la pasta è sul fuoco, la padella per saltare i pomodorini e gli spaghetti è pronta. Lava i pomodorini, il basilico e prepara l'insalata. L'acqua in pentola bolle, aggiunge un pizzico di sale, e li mette in cottura, accende il fuoco per la padella, un filo di olio extravergine, versa i pomodorini tagliati in due, un pizzico di salamoia bolognese, non devono cuocere troppo. Gli spaghetti sono quasi pronti Daniel usa una pinza da cucina, per trasferire la pasta nella padella, ha tolto gli spaghetti due minuti prima della fine cottura. Gli spaghetti con i pomodorini e con l'aggiunta di un po' d'acqua di cottura, sfrigolano in padella, bastano pochi minuti, Daniel spegne il fuoco ed aggiunge il basilico, un filo d'olio extravergine ed il piatto è pronto. Il profumo è invitante.

M: Daniel, ma sai cucinare benissimo!

Piatti in tavola.

D: Assaggia.

M: Ma che bontà Daniel sono buonissimi!

D: E' un piatto semplicissimo, pensa, i puristi della cucina, dicono che bisogna cucinare solo con tre ingredienti, è una cucina difficilissima ma chi ci riesce è una star.

M: Tu ci riesci Danielito, faccio una foto, questo piatto merita.

D: Assaggiamo questo rosato, Daniel lo versa nei bicchieri, cin cin Mercedes!

M. Buono! Molto delicato e si sposa benissimo con il pranzo.

D: Caspita delicatissimo, non pensavo che fosse a questo livello, la cantina è di un paese vicino Benevento, a Guardia Sanframondi e produce vini di eccellente qualità.

Si sentono in lontananza dei tuoni.

M: Tra un po' pioverà, vorrà dire che resteremo a casa

D: Io con te ci resterei a vita! (Ride), dovevamo andare nell'incrocio magico dei due fiumi, ma con questo tempo, come si fa.

M: Si, poi Vale, figurati se ha come priorità la gita sul fiume, in questo momento esiste solo Antonello.

M: Ho visto che c'è una rassegna di cinema all'aperto, magari questa sera se il tempo è buono possiamo andare al cinema.

D: Che film danno stasera?

M: The Blues Brothers.

D: Siiii andiamo! Non l'ho mai visto al cinema, lo diciamo anche a Vale?

M: Si la chiamo. Vale ciao, stasera se il meteo è ok, io e Daniel andiamo al cinema all'aperto, proiettano the Blues Brothers, vi va di venire?

V: Aspetta lo chiedo ad Antonello.

V: Si va bene per noi a che ora?

M: Lo spettacolo serale è alle 20:15, è alla Rocca dei Rettori, Antonello saprà esattamente arrivarci. Allora ci vediamo stasera, Qui ha iniziato a piovere, a proposito avverti tuo cugino che la gita sul fiume non si farà.

V: L'ho sentito stamattina, l'avevo già cancellata.

D: Ha scritto Rodrigo, non sarà a Milano, parte per il Canada dopodomani, sono stati eliminati dal torneo e tornano a casa, peccato avrei voluto presentartelo visto che ha origini argentine.

M: Io lavoro un po' sul computer, giornata perfetta per stare a casa, intanto la pioggia aumenta.

Nessuno dei due ha toccato l'insalata, hanno consumato dopo il primo, un frutto di stagione ed il pranzo si è concluso. Intanto sparecchiano e caricano la lavastoviglie.

M: Ti preparo un caffè Daniel?

D: Si grazie un Nespresso, va bene M.. Mercedes, la stava chiamando Michelle, si è corretto appena in tempo.

M: Eccolo.

D: Grazie! Io vado a letto mi riposo un po', leggo qualcosa.

M: Cosa stai leggendo?

D: Un libro di un Etnomusicologo tedesco, Marius Schneider "Il Significato della Musica"

M: Sembra interessante, non lo conosco, magari me lo presti.

D: Certo! Ti leggo una citazione riportata sul retro del libro.

M: Si dai!

D: "Tutto il mondo materiale è una musica gradatamente consolidatasi, una somma di vibrazioni, le cui frequenze s'allungano nella misura in cui si materializzano. Le più rapide vibrazioni sono quelle musicali. Esse costituiscono il vestibolo del Dio creatore e del punto di quiete immobile" (Tao).

M: Ma che bello! Molto interessante Daniel.

D: Si non proprio leggerissimo, lo considero tra le letture impegnative ma è estremamente stimolante.

Intanto la pioggia continua, il suo rumore è rilassante. Dalla finestra si intravede Piazza Piano di Corte, che sembra ancor più bella sotto la pioggia. Quest'ultima esalta i profumi della terra, stimolando il senso dell'olfatto, che in modo del tutto autonomo associa quella sensazione a qualcosa, a qualche ricordo. A Mercedes questi profumi ricordano quando era piccola a casa dei nonni. Ne rimane molto sorpresa, poiché questa sensazione è davvero inaspettata.

Daniel si è addormentato, Mercedes lo raggiunge e chiude gli occhi anche lei.

Ad un certo punto Daniel sente che qualcuno è alla porta d'ingresso, suonano il campanello.

Daniel si alza, va ad aprire ed è Valentina.

V: Ciao Daniel, sono passata io per il cambio, ed un paio di cose che porterò da Antonello. Mercedes dov'è?

D: Con un tono di voce più basso "sta dormendo".

V: Anche lei con voce più bassa, spero di non averla svegliata.

M: Vi sto sentendo…

V: Ciao Mercedes, eccomi, la mia amica! Si butta sul letto.

M: Tu sei matta.

V: Si lo sono, non puoi capire come sto bene con Antonello!

M: Ma se lo hai appena conosciuto.

V: Ma non so spiegarlo, mi sembra di conoscerlo da sempre, abbiamo un'intesa unica, non lo so, non mi è mai capitato. Ma voi che cosa mi raccontate?

M: Nulla. Mercedes le fa segno con la mano facendole capire che la chiama dopo, siamo stati bene insieme.

D: Allora ci vediamo più tardi al cinema, se dovesse piovere, cambiamo programma.

V: Voi partite dopodomani?

M: Si! tu cosa fai?

V: Verrò con Antonello ma credo in aereo, la famiglia di Antonello possiede una casa sul Lago di Como, lui tutte le estati le trascorreva al lago, ora non c'è nessuno, ci appoggeremo li, poi ti, spiego.

M: Vale ma non stai correndo troppo?

V: No Mercedes con lui è tutto semplice, non sto forzando nulla, mi sento tranquilla.

D: Domani mattina andiamo a visitare l'Hortus Conclusus di Paladino?

M: Si dobbiamo! Io lo voglio visitare, dicono che sia bellissimo e lui è un'artista straordinario.

V: Certo!

Nel frattempo, ha quasi smesso di piovere, si intravedono dei raggi di sole.

D: Allora stasera è deciso si va al cinema, sei contenta Mercedes?

M: Si al cinema mi sento a casa, sono cresciuta nelle sale cinematografiche. La mia famiglia ora possiede due cinema, ma un tempo ne ha avuti ben quattro. Quando ero piccola, spesso ero in cassa con mia mamma o con una ragazza che lavorava per noi, Mariangela, lei era simpaticissima, dopo che si è sposata, l'ho rivista solo poche volte, ricordo che aveva un dono nel disegno, disegnava benissimo, possiedo ancora dei suoi schizzi, chissà che fine ha fatto.

Daniel prende appunti scrive quasi segretamente sul suo Taccuino Rosso, Mercedes scorge una frase *"Il bene più prezioso che abbiamo, non è il denaro ma il tempo"*.

Mercedes non ha letto di proposito, ma avvicinandosi a Daniel ha colto quella frase, ora vorrebbe leggere di più, scoprire gli appunti di Daniel.

M: Daniel da quanto tempo scrivi su quel taccuino?

D: Da più di un anno e mezzo.

M: Mi fai leggere qualcosa?

D: No Mercedes, potresti cambiare opinione su di me, no no, top secret.

M: Ok, ma comunque mi piaceresti lo stesso! Ha smesso di piovere. Perché non ci prepariamo, facciamo due passi e poi andiamo a cinema.

D: Si buona idea.

M: Io vorrei prendere un regalo per mia mamma, non so, una sciarpa, un foulard magari qualcosa prodotto localmente, vediamo se c'è qualcosa che mi ispira.

D: Mercedes tieni presente che tra qualche giorno saremo a Milano, io sicuramente prenderò le scarpe, in Italia sono di primissima qualità. Ho letto su di un blog che c'è un mercato molto famoso per la moda a Milano, non ricordo la zona, ma ricordo che c'è il sabato, ho già messo da parte un buon budget per fare shopping.

M: Io adoro le creazioni di Missoni, ho una sciarpa stupenda, la comprai a Buenos Aires anni fa, ma è ancora favolosa. Ho trovato su internet il loro Outlet, è in provincia di Varese dovremmo andarci, prendiamo a noleggio un'auto e ci facciamo un giro.

D: Allora a Milano è d'obbligo andare da Armani Silos, poi al Duomo, la via della moda, etc, infine mi piacerebbe andare a fare un giro al Lago di Como, dicono che sia incantevole. Ne abbiamo di cose da fare.

M: Io sono pronta.

D: Infilo una t-shirt e ci siamo. Daniel bacia Mercedes, quanto sei bella. Escono, l'aria è fresca la pioggia ha spazzato via smog ed altro, Benevento è una bella cittadina.

Daniel e Mercedes si muovono come due innamorati, mano nella mano, trasmettendo un'intesa speciale che è evidente a chiunque li osservi; in città, non passano inosservati. La passione per ciò che fanno è evidente e il loro modo di vedere il mondo è unico. Entrambi credono fermamente che i viaggi siano una fonte di arricchimento mentale e, forse, anche intellettuale. Il loro approccio alla vita è aperto e privo di schemi preconfezionati, e la musica, la cultura, le persone e la letteratura hanno contribuito a plasmare la loro mente, rendendola disponibile all'apprendimento e consentendo loro di vivere la vita come un grande dono.

Per loro, la letteratura va ben oltre il semplice intrattenimento; è una finestra aperta sulla realtà e uno strumento sociale per interpretare il mondo circostante. Bakhtin ha eloquentemente paragonato la correlazione tra la letteratura e la vita a quella tra l'uva e il vino, dove l'uva rappresenta la vita e il vino è il risultato di un lungo processo di trasformazione. Proprio come suggerisce Bakhtin, anche per Daniel e Mercedes, la letteratura è uno strumento di conoscenza attraverso cui intravedono i bagliori di un modernismo sociale, un movimento che ha radici profonde nel passato.

In particolare, per Daniel, la "Carta del Carnaro" di Gabriele D'Annunzio ha lasciato un'impressione profonda e una frase in particolare ha segnato il suo percorso personale: "La bellezza dell'uomo sta nell'essere libero".

Oltre alla letteratura, Daniel e Mercedes discutono spesso di politica e dell'impatto che alcuni personaggi di spicco hanno avuto sulla società, sulle persone e sul modo di pensare. Daniel rimane sorpreso e affascinato dalla definizione di Mercedes su Che Guevara: "Il Che è l'immagine storica non della rivolta, ma della rivoluzione." Queste conversazioni alimentano l'attrazione di Daniel verso la profondità dell'intelletto di Mercedes, rendendola ancora più affascinante ai suoi occhi

La passeggiata in centro, li porta davanti al cinema, prendono i biglietti anche per Vale ed Antonello che di lì a poco arrivano.

V: Allora? Come state? Lo sapete che siete raggianti? Mercedes, era da tantissimo tempo, che non ti vedevo così felice.

M: Vale, smettila, (ride). Voi tutto ok? Antonello sai tutto no? Vale è un vulcano.

Antonello: Lo so, lo so, ride ed abbraccia Vale, lei per me rappresenta il sole.

M: Io ti ho avvertito. Scherzo vi vedo proprio bene, bravi. Poi vedremo come organizzarci per Milano, noi partiamo dopodomani mattina.

Antonello: Noi tra qualche giorno, ci appoggeremo nella casa di famiglia che abbiamo sul Lago di Como, a Moltrasio, per qualche giorno saremo lì, potete raggiungerci e stare con noi, la casa è libera non c'è nessuno, ho avvertito una signora che ha le chiavi, di pulire anche l'appartamento.

D: Si sarebbe bello trascorrere qualche giorno sul lago, io vorrei andare a visitare un'abitazione in quella zona, non ricordo il posto ma ricordo in nome della villa, Casa Conti, realizzata da Claudio Vender, tempo fa, lessi un articolo su di una rivista di architettura "San Rocco "e ne rimasi attratto e meravigliato.

Antonello: Si magari andiamo tutti a fare un giro in quel posto.

M: Dobbiamo entrare, il film inizia tra un po'.

Antonello: Io non l'ho mai visto.

Valentina: Vedrai ti piacerà! Io lo avrò visto un milione di volte.

Entrano nel cinema, è una sala interna non grandissima, alzando gli occhi, si scorge un cielo terso e pieno di stelle, in sottofondo c'è della musica fusion, Steps a Head, Safari. Daniel riconosce la band, molto interessante, segue Robert Glasper, So Beautiful. L'atmosfera è stupenda, il posto merita, le persone pure, Il film è un cult!

Inizia il film, The Blues Brothers

15 CAPITOLO

Destinazione Milano

Antonello: Non pensavo mi piacesse così tanto.... La scena quando lui racconta, in quella galleria / fogna, di non essere potuto andare al matrimonio per via delle cavallette etc, è fantastica! Grazie per la bella serata.

M: Noi andiamo a casa, siamo un po' stanchi.

Antonello: Non prendete impegni per domani sera, perché sarete ospiti, a casa dei miei, mia mamma vuole conoscervi, e poi vi assicuro, si mangerà molto bene. Ci vediamo per l'aperitivo, per proseguire con la cena.

M: Ok va bene! Ok Daniel per te?

D: SI certo!

Antonello: Allora ci vediamo verso le sette!

D: Grazie per l'invito, a proposito domani mattina dopo le prove di Mercedes, vorremmo visitare il giardino disegnato da Paladino vi va di venire?

Antonello: Io non posso, lavoro.

V: Io ci sarò! Organizziamoci per l'orario.

M: Domani vado in conservatorio presto, ho lo studio dalle 09.30 alle 11.00, facciamo alle 11.15, appuntamento davanti al conservatorio, e poi da lì raggiungiamo l'Hortus Conclusus, è vicinissimo.

V: Si perfetto …. Buonanotte …. Abbraccia Mercedes e da un bacio sulla guancia a Daniel e gli sussurra nell'orecchio …. Lei è la mia migliore amica, sii sempre galante, perché è meravigliosa.

D: Quando si trova una persona speciale non si lascia andare.

Vale lo guarda per fargli capire che lo tiene sott'occhio.

Daniel e Mercedes arrivano a casa, attraversando dei vicoli del centro storico, in giro non c'è molta gente, ci sono pochi rumori, le strade, gli edifici, reagiscono con la luce, donando magia alla città.

Entrati in casa, Daniel bacia Mercedes, entrambi hanno il desiderio di stare insieme, di seguire il loro istinto, di donarsi l'uno all'altro senza filtri, senza difese, e vivere questo momento di passione, come un grande dono……

Le prime luci del giorno attraversano la cucina, il soggiorno, la camera da letto, Daniel si sveglia, sono circa le sette, Mercedes dorme ancora, Daniel la guarda, la osserva, era da tantissimo tempo che non si sentiva in questo modo. Michelle era l'unica, che riusciva ad accendere in lui emozioni così forti, Mercedes con grande sorpresa, ci è riuscita, con lei sta scoprendo altri entusiasmi, in lui c'è una felicità differente, si dice che la felicità sia esattamente come ti fa sbocciare, ed è proprio così per Daniel. L'amore è paragonabile in parte all'arte, trasmette bellezza, sensazioni universali, sensazioni che ti arrivano dentro con input sempre diversi, sempre legati al momento ed alle circostanze. Questo meccanismo universale, imprevedibile e meraviglioso, scatena il sentimento più forte e passionale conosciuto sulla terra, quello dell'amore, e se non esistesse, l'uomo sarebbe sicuramente senza un'anima, e più povero in tutti i sensi.

Daniel socchiude la porta della camera da letto, non vuole svegliare Mercedes, inizia a preparare la colazione, questa mattina la farà classica, in stile nord America, bacon ed eggs, spremuta d'arancia, pane tostato, e marmellata.

Per il pane, ha quello locale, buonissimo, per tostarlo utilizzerà il forno, ci sono delle uova in frigo, controlla la scadenza, sono ancora buone, le arance le aveva prese Vale qualche giorno fa, c'è tutto.

Si mette all'opera, taglia il pane, fette non troppo spesse devono essere basse per la tostatura, tagliere, coltello e via. Nel frattempo ha acceso il forno per preriscaldarlo, userà la funzione grill per tostare il pane. Lava le arance, le divide in due, in casa c'è uno spremi agrumi disegnato da Philippe Starck, una piccola opera d'arte, prepara la spremuta. Mette il succo d'arancia in una caraffa in vetro, e l'appoggia sul piano di lavoro in cucina. Tovaglia, piatti e posate sono al loro posto, prepara la moka per il caffè, prende il latte dal frigo e lo appoggia in tavola. Ha trovato in casa delle tazzine per il caffè, disegnate da Mimmo Paladino dei primi anni 2000, sono stupende, Daniel si trova a Benevento, è molto probabile che molte famiglie in città, abbiano acquistato quella collezione a tiratura limitata.

Bene è quasi tutto pronto, quando Mercedes si sveglierà, troverà la tavola imbandita con caffè, succo d'arancia, etc….

Mercedes si sveglia chiama Daniel.

M: Danielito…

D: Eccomi! Buongiorno, ben svegliata.

M: Ohh che buon profumo di caffè.

D: Si è pronto.

M: Vado in bagno e poi ti raggiungo in cucina.

Mercedes non si aspetta una colazione così ricca

Daniel mette in forno in una teglia il pane per tostarlo, accende la funzione grill

M: Ma che meraviglia Daniel, grazie! una tavola invitante, succo d'arancia, caffè……

D: Ti preparo anche bacon ed eggs?

M: Si! Faccio la colazione "continental", solo quando sono in albergo. Cosa c'è in forno?

D: Del pane, è quasi pronto. Una colazione stile Canada, manca lo sciroppo d'acero, ma siamo li.

Mercedes si versa del caffè ….. qui il caffè ha un sapore …non so, e pure è lo stesso caffè che compriamo in Argentina, ma non ha questo gusto.

D: Uno degli elementi che apporta maggior gusto al caffè, è sicuramente l'acqua, ed in parte anche la macchinetta del caffè, si in effetti questo è veramente ottimo.

M: Ma queste tazzine sono bellissime….

D: Sono state disegnate da Mimmo Paladino, più tardi andremo nel suo "Giardino Chiuso" sono quasi pronte le uova ed il bacon…

Mercedes assaggia anche la spremuta di arancia.

M: Colazione a cinque stelle

M: Daniel è favolosa! Sei stupendo e gli dà un bacio sulle labbra …. Ed un mezzo abbraccio.

Daniel è sempre più attratto da Mercedes, i suoi gesti sono istintivi, naturali, sorprendenti, potrebbe veramente perdere la testa…… ma vuole provarci, con lei, è uscito dalla gabbia mentale che lo ha recluso per troppo tempo, togliendogli la possibilità di emozionarsi nella sfera dell'amore, dell'intimità, della sensualità…… Daniel promette a se stesso che non dovrà mai più ritrovarsi in una tale condizione. Da qualche parte ha letto, che la nostra libertà, dipende dalla prigione che costruiamo, e per Daniel è stato proprio così.

La colazione continua, Daniel accende la radio, è un'abitudine che ha ereditato dai suoi genitori, la mattina durante la colazione, in sottofondo, c'era sempre la radio accesa, mette allegria, informa, intrattiene…… trova una stazione radio locale, vorrebbe ascoltare, le opinioni delle persone della città, della regione, ma a quell'ora del mattino, c'è un programma di intrattenimento e non un talk show, magari più tardi…

Mercedes assaggia il pane tostato, buono questo pane Daniel, poi con il bacon e le uova si sposa benissimo.

D: Si è ottimo, credo che nelle provincie si trovino ancora prodotti locali, di elevata qualità, ancora strettamente legati alla tradizione, nelle grandi città un po' meno.

Mercedes resta sorpresa dalle attenzioni di Daniel, questa "storia" le trasmette serenità, si sente bene con lui. C'è una sorta di meraviglia in questo rapporto, una meraviglia che si mischia con la quotidianità, questo è l'elemento che lascia pensare Mercedes…. Non le era mai capitato prima.

Mercedes: Daniel metto a posto io la tavola.

D: No ti aiuto, voglio stare con te, poi voglio fare la doccia con te.

M: Ok allora ma dammi un po' di tempo (Mercedes bacia Daniel).

Daniel si promette di non cedere più al malumore, condizione che troppo spesso ha ritrovato negli ultimi anni.

Mercedes va in doccia……. Daniel la segue.

Perché non scrivi qualcosa anche tu! Puoi scrivere un breve passaggio su Daniel e Mercedes e puoi farlo qui: (ehhh non te l'aspettavi vero? Saluti).

Mercedes è pronta e va in conservatorio.

M: Daniel ci vediamo davanti al conservatorio a dopo.

D: Si a più tardi.

Daniel mette a posto un po' in casa, domani mattina partiranno per Milano, inizia a preparare la valigia, sistema la camera da letto, in casa ha sempre dato una mano. Chiamata in arrivo è Valentina.

D: Vale?

V: Si buongiorno Daniel!

D: Ci vediamo direttamente davanti al conservatorio o vuoi passare prima da casa?

V: No direttamente al conservatorio. Voi tutto ok?

D: Si molto bene Vale…… molto bene….

V: S dopo D.

D: Ciao.

Daniel si sta preparando per uscire; ha intenzione di fare un giro in città prima del suo appuntamento al conservatorio previsto per le undici e quindici. Si ferma per prendere un caffè in un bar nei pressi dell'arco di Traiano. L'espresso che ordina è ottimo; il bar utilizza una miscela di caffè che non conosce, è un marchio locale di elevata qualità.

D: Dove posso comprare questa marca di caffè? Lo trovo eccellente.

Barman: E' di un produttore locale! Per l'acquisto qui da noi, c'è questa confezione regalo di quattro pacchetti, ed è anche in offerta.

D: Si la prendo! Il packaging è stupendo! Grazie!

Barman: Eccola! Mette la confezione in un sacchetto con il marchio del brand.

Valentina chiama al telefono Daniel.

V: Daniel dove sei?

D: Nei pressi dell'Arco di Traiano.

V: Aspettami li, arrivo tra due minuti.

D: Ok.

Nel frattempo legge alcuni messaggi che ha ricevuto.

Greta: Ciao Daniel ieri ho incontrato Andrew mi chiedeva di te, voleva sapere quando torni. Mamma e papà hanno prenotato una crociera, faranno un giro tra le Bahamas e parte del centro America. Tu come stai?

Daniel risponde al messaggio di Greta: Ciao Sorellina io bene, sono ancora a Benevento ma domani mattina partiremo per Milano, ci sono delle novità ..... Mercedes mi piace tantissimo, stiamo insieme, ed a Milano andremo solo io e lei per i primi giorni, perché Vale ha incontrato un ragazzo e rimarrà da lui per qualche giorno e poi saliranno insieme a Como, insomma le cose sono cambiate, ma in meglio.

TVB, mi mancate tutti, e saluta Andrew e digli che non so quando rientrerò. Saluta mamma e papà

V: A chi scrivi Daniel?

Daniel bacia sulla guancia Vale.

D: A mia sorella, ciao Vale! come stai (con tono ironico).

V: Tu come stai? Rispondi prima tu.

D: Io bene, con Mercedes .... Lo sai, cosa vuoi che ti dica.... Ma tu con Antonello?

V: Lui mi piace un sacco non so perché e poi mi sento a mio agio, stasera saremo dai suoi a cena, sarà divertente, vedremo.

D: Ma quando partirete per Como?

V: Non lo sappiamo, Antonello deve sistemare delle cose al lavoro e poi veniamo su, credo al max un paio di giorni.

D: Di cosa si occupa Antonello?

V: Lavora nel settore edile, la sua famiglia è da sempre nel business delle costruzioni, se vedi casa sua, sembra uscita da una rivista di architettura, lui è un ingegnere, sua sorella un architetto.

D: Ora ricordo il KiloWatt lo ha ristrutturato la sua azienda, quel locale è stupendo, lo aveva raccontato un ragazzo seduto al tavolo con noi.

V: Andiamo verso il conservatorio?

D: Si.

D: Guarda cosa ho preso come regalo per Mercedes? Le mostra sul telefono l'ordine…

V: Ma è un regalo favolosoooo! Daniel sei un genio! Dove lo hai trovato?

D: Mio zio mi aveva mostrato il sito, per un 'altra cosa, ho associato le idee, e dopo una ricerca l'ho trovato. Sarà il regalo dopo il concerto di Milano, le prenderò anche dei fiori, ma questo secondo me, le piacerà tantissimo.

V: Daniel ti prego, non ferire in nessun modo Mercedes, lo so che non lo farai, me lo prometti?

D: Vale io sto benissimo con Mercedes ….. lei mi completa, poi è bellissima.

Sono quasi davanti al Conservatorio….. Mercedes sta per arrivare all'ingresso, con lei un'altra persona, chiacchierano…

M: "Mercedes bacia Daniel ed abbraccia Valentina"; eccomi lei è Mirella, farà un giro con noi.

Mirella: Buongiorno! piacere di conoscervi, Mercedes mi ha detto che andrete a visitare l 'Hortus Conclusus, vengo anch'io, anche se lo avrò visto tantissime volte, quel posto possiede una sua energia….

D: Piacere di conoscerti Mirella, studi al conservatorio?

Mirella: Si sono all'ultimo anno, anch'io suono il pianoforte. Mercedes è bravissima l'ho ascoltata un paio di volte, il suo tocco è unico. Mi piacerebbe venire a Milano per vedere il concerto, ma non so se posso, magari postate qualche video.

Valentina: Se vieni a Milano per il concerto, faccelo sapere noi saremo li. Dai, andiamo a visitare questa installation.

Mercedes: Ci prendiamo un Caffè?

V: Ok, si per me, tu Daniel?

D: No già preso.

Mirella: Si io lo prendo.

Si fermano in un bar, Daniel paga il caffè per tutti.

Il Barman saluta Mirella, spesso si ferma da loro per la colazione, a volte in pausa pranzo.

Prendono il caffè al banco…… poi via verso il giardino…

Daniel Parla con Mercedes mentre Vale scambia due chiacchiere con Mirella.

L'Hortus Conclusus è un po' nascosto, si accede attraversando un vicolo molto stretto e suggestivo, l'istallazione risale al 1992.

Dal sito del comune di Benevento:

"Per Paladino l'Hortus è luogo di conforto dall'eterna lotta che ogni uomo vive nel mondo concreto così come nella propria interiorità, alla ricerca della pace. E' un invito a intraprendere un personale percorso della memoria che serva a rivalutare il passato e se stessi. Paladino mostra questo suo messaggio di pace dettato dall'armonia tra l'uomo e la natura usando elementi che si rifanno al mito e alla storia di Benevento". (a cura di Chiara Maria Pontillo)

Daniel ammira con meraviglia l'istallazione del Maestro, il Cavallo di Bronzo, posto sulle mura di cinta, è l'elemento che subito lo colpisce. Il percorso mentale di Daniel, però si sposta non sull'analisi del luogo, bensì sull'arte contemporanea, che propone una bellezza alternativa, un'idea di bellezza che spesso include disarmonia, ma non in questo contesto. Questo giardino incanta, e la sua (dis)armonia è declinata, in pura bellezza. Tra forma e memoria, il giardino narra la ricerca dell'equilibrio dell'uomo, tra passato e presente e forse tra guerra e pace. Daniel come tutti, è rapito dalle opere, che dialogano tra di loro, e le osserva con l'approccio del visitatore che giunge da lontano. In questo giardino, Daniel ritrova una corrispondenza universale, dove l'uomo e la vita, sono al centro di ogni cultura e luogo, e presenti sulla terra.

M: Ma è meraviglioso!

D: Si avevo visto delle foto, ma dal vivo è un'altra cosa.

V: Sono senza parole… Non avrei mai immaginato un impatto visivo così potente. Il cavallo posizionato sulla sommità delle mura di recinzione è veramente straordinario, sembra quasi che vegli con maestosità sul giardino sottostante. E non solo il cavallo, ma anche lo scudo, la fontana e tutto il resto si integrano in perfetta armonia, creando un contesto evocativo di grande suggestione. La narrazione che si sviluppa tra storia e avanguardia è coinvolgente, ed azzardo, divinatoria. Questo giardino è per me un esempio tangibile di come l'arte possa conferire valore e significato ai luoghi. Semplicemente adoro questo posto!

Daniel ha ascoltato con grande attenzione Valentina, le sue parole descrivono in pieno il luogo, e cosa trasmette l'istallazione…. il tutto è magico, meraviglioso.

M: Sarebbe bellissimo fare un concerto qui….

D: Si il posto è unico, mai visto nulla del genere.

Mirella: Vedo che vi è piaciuto il giardino segreto….

D: Si tantissimo! E non solo a me, guarda loro… ehh ride… secondo me devi visitarlo più volte per cogliere tutte le sue sfumature, la sensazione che si ha, è di essere immerso nella bellezza, e non è cosa da poco.

M: Dai andiamo a pranzo…

V: Io non posso, pranzo con Antonello gli ho promesso che avrei cucinato per lui…

M: (Sorpresa) Davvero!?

D: Mercedes vuoi mangiare fuori o andiamo a casa?

M: Mi piacerebbe mangiare una pizza qui è buonissima.

Mirella: Andate nei pressi dell'Arco di Traiano, c'è un'ottima pizzeria.

Mercedes: Ok andiamo! Grazie Mirella!

D: Va bene, Mirella vuoi mangiare con noi?

Mirella: No vado a casa oggi c'è anche mio fratello, lui vive fuori, non posso, ma grazie per l'invito, è stato un piacere conoscervi. Che peccato, partite domani, avremmo sicuramente organizzato qualcosa, una serata, un aperitivo…. sarà per la prossima volta ….. (saluta Mercedes con un abbraccio), Mercedes in bocca al lupo per il tuo concerto, sarà pura magia, ne sono certa!

M: Grazie Mirella, magari vieni su a vederlo.

Mirella: Magari, ma nella vita mai dire mai. Ciao Daniel, ciao Valentina!

D: Ciao a presto.

V: Ciao Mirella.

V: Allora ci vediamo questa sera a casa dei genitori di Antonello.

M: Cosa dobbiamo portare?

V: Non lo so.

M: Prederò dei fiori, o una pianta, ci penserò.

D: Si una cosa del genere Mercedes.

V: Passeremo io ed Antonello a prendervi, i genitori vivono un po' fuori città, ho visto delle foto la loro residenza è molto bella, sono dei costruttori.

D: Ok va bene per che ora?

V: Credo verso le sette meno un quarto, ma vi messaggio per essere più sicura. (Vale abbraccia Mercedes e poi Daniel) siete stupendi!

M: (sorride) Grazie amica mia… mi raccomando non correre troppo con Antonello.

V: Ma si, viviamola alla giornata quello che dovrà accadere, accadrà! Ciao a stasera.

Daniel e Mercedes attraversano Corso Garibaldi arrivano nei pressi dell'Arco di Traiano, la pizzeria è lì vicino, in via San Pasquale. Entrano nel locale, è già pieno, l'ultimo tavolo disponibile, è per due.

Daniel osserva le portate che passano vicino al loro tavolo….

D: Mercedes hai visto che pizze! Sembrano buonissime, e che profumo…

M: Si! Abbiamo fatto bene, mi sta venendo fame solo a guardarle.

Daniel sfoglia il menù …….io prendo una Orsini … Tu Mercedes?

M: Mi ispira una Valani: *"Ricotta di bufala, fiordilatte, formaggio fresco di capra di S. Giorgio La Molara, cialde di pecorino bagnolese, caciocavallo di Castelfranco in Miscano, basilico, olio EVO Ortice bio"* (Courtesy La Pampanini).

M: Questa città è una continua scoperta!

D: Domani si va a Milano, in parte ho preparato la valigia, non vedo l'ora di visitare il capoluogo Lombardo, il lago di Como, speriamo di aver tempo per fare tutto.

M: Sai ieri sera pensavo alla mia famiglia in Argentina, ho scritto a mia madre, per sapere cosa fanno, come stanno, mi mancano, sono in giro da più di un mese ed ho voglia di casa. Allo stesso tempo però ho il desiderio di conoscere, scoprire nuovi luoghi, attingere dal mondo della cultura, dall'arte…… questa mattina, la bellezza dell'installation di Paladino, mi ha lasciato senza parole. Poi Daniel ci sei tu … tu non eri previsto, in nessun modo.

Arriva la cameriera per l'ordine.

Cameriera: Ma lei è Mercedes! l'ho vista l'altra sera suonare al KiloWatt! Che emozione! Quella serata è stata unica, ci ha regalato emozioni su emozioni. Il pezzo dei Coldplay mi ha fatto sognare….

Chiedo venia per l'esternazione…

M: Ma figurati! Mi fa piacere che ti sia piaciuta! Diamoci del tu, come ti chiami?

Cameriera: Roberta.

M: Piacere di conoscerti Roberta.

Roberta: Piacere mio…. Dopo le chiederò se possibile scattare una foto con lei… scusa con te.

M: (ride) Ma certo!

Roberta: Avete scelto?

M: Si io prendo una Valani mentre tu Daniel avevi scelto una ……

D: Orsini.

M: Orsini … è il cognome di un mio amico in Argentina.

Roberta: Ottime scelte, qui la pizza è buonissima, da bere cosa vi porto.

M: Acqua gasata? Daniel fa cenno di si con la testa.

Roberta: Grazie! Dirò in cucina che siete in sala, tante persone che lavorano qui, erano al KiloWatt quella sera.

D: Sei famosa anche qui, Mercedes.

M: Non lo pensavo neanche lontanamente.

Arriva un cameriere con l'acqua…. Un piacere avervi qui, anch'io l'ho vista al KiloWatt.

Mercedes è sorpresa, ad un certo punto si accorgono di essere osservati, come se tutti la conoscessero ed avessero assistito al mini concerto, del KiloWatt.

Alcune persone, da alcuni tavoli, accennano ad un saluto, chi con un sorriso, chi con la mano, Mercedes ricambia, è anche lusingata di questa inaspettata popolarità in città.

Arrivano le pizze, il profumo e l'aspetto sono invitanti.

Cameriera: Buon appetito!

M + D: Grazie

Daniel taglia una fetta si pizza, la assaggia......., il suo viso, è un libro aperto...... la mia è ottimaaa!

M: Anche la mia, una vera bontà! Per fortuna partiamo domani, qui a Benevento avremmo mangiato tantissimo, il cibo è buonissimo.

D: Hai ragione, questa città ci ha conquistato. La sua cultura possiede un equilibrio unico, un connubio tra modernità e antico. Ho sempre creduto che attraverso la cultura, l'uomo possa elevare la propria intelligenza, le sue qualità e le sue passioni. Poi attraverso la materia, riesce a manifestare il gesto pensato. L'esempio di oggi del giardino di Paladino rappresenta la sintesi perfetta di questo mio pensiero. Credo che il valore dell'oggetto artistico, emerga, mentre si cerca di imprimere sulla materia una forma, cercando di plasmarla secondo la propria visione.

M: Daniel, quando tiri fuori queste osservazioni, resto sempre basita.

(Daniel sorride)

D: Questa pizza è notevole, in Canada me la sogno, farò fatica a riabituarmi al cibo canadese.

M: In Argentina si mangia bene, non come l'Italia, la nostra carne è tra le migliori del mondo, ma una pizza così, impossibile trovarla.

La cameriera si avvicina al tavolo e chiede, tutto bene?

D. Si absolutely!

Daniel risponde in inglese, la cameriera risponde con un perfetto inglese "I'm very happy for that".

D: Il tuo accento è UK, come mai?

Cameriera: Ho fatto l'Erasmus in Inghilterra, a Brighton.

Mercedes: Ci sono stata anni fa, per un concerto, bella cittadina, il mare è freddissimo non sono riuscita a farmi il bagno.

Cameriera: Si l'ho fatto una sola volta, l'acqua era ghiacciata (ride), se avete bisogno chiamatemi.

D: Certo grazie!

M: Io sono piena, l'ho mangiata tutta solo perché ottima.

D: Mercedes, vedrai non ci sentiremo pesanti, la pasta della pizza era molto leggera, avrà sicuramente avuto molte ore di lievitazione, più la lievitazione è lunga più la pizza è digeribile.

M: Non lo sapevo Daniel …. Avvicinati che ti do un besito…..

D: Prendiamo un dolce in due?

M: Si ma io solo un assaggio Daniel.

Daniel fa cenno a Roberta.

Roberta: Ditemi.

D: Cosa consigli come dolce?

Roberta: Il tiramisù è il mio preferito, oggi non c'è il dolce della casa, altrimenti avrei suggerito quello.

D: Ok allora un Tiramisù e due cucchiaini grazie.

Cameriera: Perfetto grazie.

Alcune persone salutano Mercedes e Daniel, una si avvicina, *"concerto pazzesco l'altra sera, complimenti"*.

M: Grazie!

Possiamo fare una foto?

M: Si certo!

Daniel la puoi scattare?

D: Eccomi *click* … ne ho scattate diverse.

Fan: Grazie! Saluti.

Arriva il tiramisù con due cucchiaini. Daniel versa un po' d'acqua a Mercedes, e si accinge ad assaggiare il dolce.

Affonda il cucchiaino nel mascarpone, e porta la posata alla bocca, un'esplosione di gusto si diffonde nel suo palato, le papille gustative, felici nel trasmettere tali sapori. Mercedes devi assaggiare.

M: Ma che buono è!

D: Diciamo che siamo a livelli decisamente alti. Che buon pranzo!

Daniel chiama la cameriera, il conto per favore.

Cameriera: In arrivo, ma non gradite un caffè, un amaro?

D: Lo prendiamo un amaro?

M: Si! Perché no, cosa scegliamo?

D: Io prendo un amaro locale, ne ho sentito parlare, La Nu… Fo……., un Amaro di Santa Croce del Sannio.

Cameriera: Devo chiedere se c'è, sicuramente ne abbiamo un altro di Santa Croce.

M: Come fai a sapere di questo Amaro?

D: Ho letto su di un blog di questo amaro, prodotto in un piccolo paese dal nome curioso, Santa Croce del Sannio e mi piacerebbe provarlo.

Cameriera: Si lo abbiamo, è stato consegnato proprio qualche giorno fa.

D: Ottimo!

Cameriera: Eccoli, due amari La Nu….a Fo…….

Mercedes assaggia (sul volto di Mercedes stupore e meraviglia) io devo comprare una bottiglia, ma cosa è, questo amaro!

D: Io ne prendo un cartone (ride) tra i migliori che abbia mai bevuto.

La cameriera li osserva soddisfatta, ehh buono questo amaro!? L'amaro, ed il dolce lo offriamo noi, parte dello staff era presente al KiloWatt ed abbiamo deciso di contraccambiare con un piccolo omaggio.

D+M: Sono sorpresi non si aspettavano nulla del genere

M: Ma che gentilezza, grazie passerò in cucina a ringraziare gli altri.

Cameriera vorranno tutti una foto con te Mercedes.

M: Ok!

Daniel e Mercedes si alzano dal tavolo, Mercedes insieme a Roberta raggiunge la cucina, saluta tutti, foto su foto, qualcuno chiede se farà un altro concerto al KiloWatt, una ragazza la ringrazia per l'omaggio fatto a Bowie….. Mercedes ringrazia per l'ospitalità, si sente una privilegiata per il calore e l'accoglienza che le ha riservato questa città.

Roberta: Grazie Mercedes, speriamo di rivederci.

Mercedes: Ho imparato dalla vita, mai dire mai. All the best Roberta!

Daniel è intento a mandare messaggi al telefono e arriva Mercedes.

M: Andiamo a casa?

D: Si dobbiamo preparare le valigie, mi dispiace lasciare Benevento, questa cittadina ha una bella energia.

M: Vero, poi non siamo neanche andati a visitare l'incrocio magico dei due fiumi, ma quella magia "bianca" è diffusa in città, io la percepisco.

D: Si sta bene qui.

Squilla il telefono di Mercedes, è Vale, parlano in spagnolo

M: La cena stasera non ci sarà, la famiglia di Antonello si scusa, ma hanno un problema di lavoro e non riescono.

D: Ok restiamo a casa io e te? Vale è da sola o Antonello sarà con lei più tardi?

M: Non lo so, dopo la chiamo nel caso viene da noi, è strano che non parta con noi domani, lei è la mia amicaaaa.

D: Vale è radiosa, la vedo felice, tu?

M: Non la vedevo così contenta da tantissimi anni, forse da quando frequentò per un periodo, Lorenzo, a Mendoza, ma non funzionò, è trascorso tanto tempo, ci ha messo un po' a dimenticarlo.

Si incamminano verso casa ….Piazza Piano di Corte… entrano, e subito Daniel si appoggia sul letto e si riposa, Mercedes apre il pc, e lavora sul concerto, che terrà a Milano.

Il pomeriggio trascorre tra chiacchiere telefonate un po' di tv, Daniel ha preparato la valigia idem Mercedes, tutto è pronto per la partenza di domani. Il cielo si è annuvolato minaccia pioggia…. Infatti inizia a piovere.

Arriva Valentina…. Hola stupendiiii! Visto che non vi ho dimenticati!? Abbraccia Mercedes, e da un bacio sulla guancia a Daniel (Valentina è felice, solare).

V: Per fortuna hanno cancellato la cena, piove, ed Antonello mi aveva detto che avremmo cenato in giardino, con questo tempo sarebbe stato impossibile. Ho conosciuto sua mamma, parla un po' di spagnolo, lei da piccola viveva in Venezuela, poi la sua famiglia decise di rientrare in Italia. Mi ha chiesto dei miei genitori, ma non li conosce, i miei parenti sono conosciuti in zona.

M: Vale non correre troppo, Antonello sembra uno a posto, ma lo conosci da pochissimo, hai già conosciuto la famiglia, sei a casa sua, non esagerare.

V: Mercedes con lui è tutto semplice, mi sento a mio agio, non lo so spiegare. Credi che rinuncerei a stare con te, con voi a Milano, girare la città, visitare, musei, negozi, etc per stare qui con Antonello, se non ne valesse la pena?

Mercedes si rende conto che questa relazione con Antonello potrebbe diventare qualcosa di serio, Valentina ha attraversato la frontiera dell'amore, il KiloWatt ha lanciato un *fulmine* di cupido e li ha presi in pieno.

V: Domani mattina vi accompagno in stazione, Antonello, mi lascia la macchina.

M: Controllo l'orario del treno, è alle 09.22.

V: Arrivo per le nove meno un quarto, la stazione è vicinissima avremmo tempo per un caffè.

M: Si cosi prendi le chiavi di casa etc.

V: Sai cos'è!? Resto con voi, Antonello arriverà tardi e gli dico di passarmi a prendere qui, gli scrivo subito.

M: Ah ora sì! Eccolaaa la Valeee!

Squilla il telefono di Daniel? E' una videochiamata, è sua sorella ….risponde…

Pone il telefono in orizzontale per un'inquadratura più ampia, al suo fianco ci sono Mercedes e Valentina…

Holaaa Gretaaa salutano tutti insieme.

Greta: Ma che belli! Cosa fate e soprattutto dove siete?

D: Ancora a Benevento, ma domani mattina partiamo per Milano, Mercedes tra qualche giorno suonerà li.

Greta: Mi sarebbe piaciuto assistere, mannaggia.

Mercedes: Magari verrò in Canada, sono stata a Montreal due anni fa ad un festival.

Greta: Daniel quando ritorni?

D: Perché ti manco?

Greta: Si manchi a tutti.

Mercedes: No lui resta con me (ride).

V: Greta qui le cose sono un po' cambiate ……

Greta: Il fratello mi ha accennato, mi ha accennato, dai vi saluto, era solo una call veloce sto andando ad un appuntamento e sono quasi arrivata. Spero un giorno di conoscervi, e Daniel ti voglio bene.

D: Ti voglio bene sorellina, saluta mamma e papà.

V: Che bella tua sorella.

D: Siamo molto legati.

Intanto continua a piovere ..

M: Se il tempo fosse stato bello mi sarebbe piaciuto bere qualcosa al KiloWatt o magari mangiare una cosa li, e tornare presto a casa? Cosa ne pensate?

V: KiloWatt!

D: KiloWatt!

V: Dovrebbero esserci degli ombrelli in casa … li ho visti dietro…. Si dietro l'armadio eccoli!

Allora, sono quasi le sette, ci prepariamo ed andiamo.

M: Mando un messaggio ad Amilcare per bloccare un tavolo, anche se non credo sia necessario, siamo in tre.

D: Io sono pronto, porto una giacca leggera, sembra che piovi meno.

M: Io impiego pochissimo a prepararmi, anch'io prendo uno spolverino.

V: Io prendo l'impermeabile.

D: Vi aspetto giù….

Dopo alcuni minuti arrivano le ragazze, pioviggina, c'è anche un leggero vento che a volte sale d'intensità, la temperatura è decisamente scesa.

M: Per fortuna ho preso lo spolverino, fa freddo.

V: Vero, speriamo smetta, chiamo Antonello gli dico che saremo al KiloWatt.

Camminano a passo veloce, e dopo una decina di minuti sono al locale, intanto la pioggia aumenta di intensità, entrano appena in tempo al KW ed evitano di farsi la doccia, con il temporale.

All'ingresso, trovano dei sacchetti di plastica, dove riporre gli ombrelli bagnati, la raffinatezza del locale è nei dettagli, questo è uno dei tanti, sui sacchetti ci sono le lettere K W.

D: Interessante questa soluzione per gli ombrelli, in questo modo il locale resta asciutto.

Si avvicina la cameriera che li aveva serviti l'altra sera.

Cameriera: Ben tronati al KiloWatt, Amilcare mi ha appena scritto, c'è un tavolo prenotato a nome di Mercedes.

M: Grazie!

Cameriera: Prego, vi faccio strada.

Il tavolo è vicino alle finestre dalle quali si intravedono le nubi scure del temporale, e la pioggia battente.

M: Grazie! Amilcare non poteva scegliere di meglio.

Cameriera: Appena pronti per ordinare mi fate un cenno e sarò da voi.

D: Certo grazie! Allora cosa prendiamo?

V: Io un'insalata greca l'altra volta l'ho vista su di un altro tavolo, ed era molto invitante.

D: Noooo hanno l'Halloumi come è possibile?

M: Cos'è?

D: Un formaggio Cipriota che si cucina sulla piastra strabuono! Come fanno a conoscerlo in Italia, non l'ho visto da nessuna parte.

V: Io cambio prendo quello (ride).

M: Anch'io.

D: Vedrete mi darete ragione.

M: Come lo hai scoperto?

D: Ad un barbecue a Kleinburg con alcuni amici Greci e Cipriotti, ad un certo punto insieme alla carne, servirono questo formaggio preparato sulla griglia, una roba buona, buona!

V: Chiama la cameriera.

Cameriera: Pronti per ordinare?

D: Sicuramente tre Halloumi.

Cameriera: Scelta ottima, ve lo avrei consigliato!

M: Io anche un'insalata greca come contorno.

V: Anch'io stessa cosa.

D: Idem.

Cameriera: Da bere?

M: Acqua gasata.

V: Anch'io magari dopo prendiamo un vino non lo so.

D: Una birra media alla spina chiara.

Cameriera: Perfetto, grazie!

D: Una curiosità come mai avete deciso di fare la settimana greca ed inserirla nel menù.

Cameriera: Uno degli chef, ha lavorato nei villaggi turistici ed ha girato mezzo mondo, ed ha deciso di dedicare una volta al mese una settimana ad una nazione, abbiamo avuto la settimana della Francia, della Spagna, del Portogallo e questa settimana è la volta della Grecia.

D: Molto interessante, il KiloWatt è sempre una bella sorpresa.

Cameriera: Abbiamo molti clienti anche da fuori regione, il weekend è sempre tutto prenotato.

M: Beh il locale è stupendo.

Cameriera: Grazie!

Al KW in sottofondo: Simply Red Stars

V: Antonello ci raggiunge, mi ha appena scritto.

M: Non facciamo molto tardi, il viaggio per Milano sarà lungo.

D: Circa sei ore, ma Mercedes viaggiamo in prima classe, i posti saranno comodi.

M: Vale per la casa ci pensi tu, a metterla a posto? Noi abbiamo dato una sistemata, ma nulla di più.

V: Domani mattina verrà la donna delle pulizie per sistemare i bagni, fare il bucato, ho già pensato a tutto.

D: Non avevo dubbi. Oggi il giardino di Paladino mi ha stregato per la sua bellezza.

V: Io ci rivado, secondo me, per cogliere i diversi messaggi dell'istallazione, bisogna visitarlo più volte.

M: Si è vero, anche la luce ha un ruolo importante, a mio avviso al tramonto deve essere un sogno.

D: Se non fossi venuto a Benevento, non avrei mai provato le emozioni che ho percepito alla vista dell'Hortus Conclusus di Mimmo Paladino, dell'Arco di Traiano, del Teatro Romano e poi Mercedes… Tu mi hai ridato una gioia che avevo completamente dimenticato… (Le dà un bacio).

Vale si commuove…. Le scappa una lacrima…

V: Cavolo Daniel, non farmi piangere!

Anche Mercedes è toccata dalle parole del ragazzo di Kleinburg.

Arriva la cameriera, con le acque minerali e la birra.

C: Tra un po' arriverà il vostro ordine, se avete bisogno di altro, chiamatemi, grazie.

M + D + V: Grazie!

D: Come arriveremo all'appartamento a Milano? Prendiamo un taxi?

M: Si prendiamo un taxi, la produzione mi rimborsa una parte degli spostamenti. Poi facciamo l'abbonamento ai mezzi pubblici c'è il settimanale, il giornaliero, decideremo al momento, con la metro vai quasi dappertutto.

Arriva la cameriera con le ordinazioni.

Cameriera: Tre Halloumi e tre insalate greche, buon appetito.

D+M+ V: Grazie!

V: Che profumo! Io assaggio subito il formaggio, ne taglia un pezzo…. Daniel avevi ragione, questo formaggio è super!

M: Mamma mia, vero!

D: Ve lo avevo detto!

V: Mando una foto ad Antonello.

D: Venire al KiloWatt, è stata la scelta migliore, intanto il locale si riempie, non c'è più posto.

La serata scorre veloce molte persone si fermano al tavolo per salutare Mercedes e le chiedono se suonerà di nuovo, lei risponde di no. Alle 22:00 c'è un Dj che accompagnerà la serata.

Amilcare si avvicina al tavolo per salutare.

A: Tutto ok?

M: Si grazie tutto buonissimo fai i complimenti allo Chef!

A: Avete assaggiato il formaggio?

D: Si io lo conoscevo …. Buono, molto buono.

A: Pensa qui nessuno lo conosceva, poi il mio chef si è inventato le settimane gastronomiche dedicate alle nazioni, ed abbiamo avuto un successo pazzesco. La settimana è sempre tutta prenotata, il vostro tavolo è il tavolo che riservo alla famiglia etc, altrimenti non c'era posto.

D: Infatti il locale è pienissimo. Grazie Amilcare.

A: Se avete bisogno …

Arriva Antonello …

V: Vale gli va incontro lo abbraccia, lo bacia.

M: Non l'ho mai vista cosi!

D: E' felice! Buon per lei!

A: Buonasera! chiedo scusa per l'inconveniente di questa sera per la cena, ma abbiamo un cantiere che ci sta facendo penare, incontriamo problemi su problemi.

D: Tranquillo Antonello! Ora sei qui e Vale è felice (ridono tutti).

M: Noi purtroppo tra un po' andiamo, domani ci aspetta una lunga giornata.

V: Dai ancora 10 minuti.

D: Per me ok, ma è Mercedes che deve decidere, lei è già in modalità concerto. A proposito voi quando salirete?

A: Tra due giorni, i problemi più grossi al lavoro, oggi li abbiamo risolti. La casa su sarà a posto, vedrete vi piacerà Moltrasio, abbiamo anche un'auto che lasciamo a disposizione per gli spostamenti, quindi saremo autonomi.

D: Perfetto.

M: L'appartamento a Milano è prenotato per cinque giorni. Abbiamo l'opzione di prolungare, ma dovremo decidere domani all'arrivo. Vedremo.

Antonello: Vi accompagno ho la macchina.

M: Ha smesso di piovere?

A: Si, non piove più.

M: Allora andiamo a piedi. Antonello ci vediamo a Milano …. Siete stupendi Vale (la abbraccia), ci vediamo domani mattina.

D: Daniel saluta Antonello e abbraccia Valentina. Poi si dirige verso la cassa, paga la cena ed offre una birra ad Antonello… mentre se ne va dice: "C'è una birra pagata per te.

Antonello: Grazie Daniel!

Mercedes e Daniel si incamminano verso Piazza Piano di Corte, le luci della città si riflettono sulle strade bagnate della cittadina, donandole uno charme aggiuntivo. Nell'aria c'è un profumo di fresco, la pioggia ha esaltato gli odori degli alberi in fiore, e dei giardini ricchi di piante che ornano la città.

M: Mi voglio godere questa passeggiata, questa città mi resterà nel cuore, è dove siamo stati insieme per la prima volta, e non mi sentivo così bene con una persona, da tantissimo tempo. Daniel tu sei la mia stella polare.

Daniel Bacia Mercedes, non dice nulla, la passeggiata prosegue. Arrivano a casa, ognuno ha il desiderio di lasciarsi andare e vivere questo momento di passione, di gioia, senza filtri seguendo i propri istinti. L'attrazione è forte e Daniel e Mercedes la vivono come due adolescenti, rimanendo spesso sorpresi dai gesti, e dal modo di fare l'amore. Tra di loro, l'intesa sessuale è altissima, ed il loro legame è sempre più intenso, passionale, oltre all'intesa c'è anche un gioco di complicità, che rende il tutto ancora più piccante…… Si addormentano, è tardi, non poteva chiudersi meglio la serata e la permanenza in città, domani viaggio in treno, destinazione Milano.

Suona la sveglia del telefono di Daniel, sono le sette e quindici, Mercedes dorme ancora. Anche se le valigie sono pronte, devono chiudere solo i trolley, ed è tutto sistemato; in casa, Daniel, preferisce alzarsi un po' prima. È abituato ad avere del tempo per la colazione, e fare le cose con calma.

Non ama la fretta al mattino, soprattutto quando si è in vacanza, tutto deve avere un ritmo più blando, leggero, ed avere pochi programmi, programmi che possono cambiare più volte durante la giornata, questa è la libertà della vacanza. Daniel si accinge a preparare la colazione, oggi più leggera, succo d'arancia, pane tostato, marmellata, cereali e logicamente caffè.

Mercedes si gira nel letto più volte, Daniel la raggiunge, vede che è sveglia, ma Mercedes non vuole alzarsi subito.

D: Mercedes…. Buongiorno.

M: Lasciami dormire ancora un po', cinque minuti, solo cinque.

D: Si certo.

La moka sbuffa ed inonda la cucina con il tipico aroma del caffè, un profumo che arriva anche in camera da letto….

M: Il tuo caffè può far alzare dal letto chiunque, Daniel! In più stamattina sei ancora più bello del solito.

Mercedes va in bagno.

Daniel ha preparato la tavola per la colazione, accende la radio, ci sono le news, sono le sette e trenta.

Arriva Mercedes…. M: Sei un uomo da sposare sai? (ride)

D: (Ride) Mi piace la tua compagnia, mi piaci per come sei, mi piace questa storia.

Daniel versa il caffè nella tazzina preferita di Mercedes, ed aggiunge anche un po' di latte.

M: Grazie Danielito…. Ieri sera è stato bello e gli dà un bacio sulla guancia.

D: soloooo (con tono ironico)? Ridee.

M: Ma che sciocco che sei. Ho voglia di partire, il concerto è il prossimo venerdì ci siamo quasi, domani ho uno studio prove nel primo pomeriggio, per un'ora, magari mi accompagni.

D: Certo che ti accompagno.

Daniel serve il pane tostato.

M: Che buona la tua colazione, prende una fetta di pane gli spalma su, un velo di marmellata alle fragole, che buono, il pane di questa città, è top.

D: Si vero, poi questo, di questo forno in particolare, ne portiamo un po' a Milano.

M: Si portiamolo, tanto Vale se vuole, lo può prendere se ne ha bisogno, poi è da Antonello. Vale è matta ma le voglio bene, spero che vada tutto bene con lui, la vedo presissima.

D: Antonello mi sembra uno a posto, con la testa sulle spalle, ho avuto un'ottima impressione, e generalmente non mi sbaglio. Poi se le cose non dovessero funzionare chi lo sa, ma l'importante è che lui sia ok con Vale.

M: Ed io sono ok per te?

D: You are may Queen Mercedes!

M: Tu es mi Rey Daniel!

Lello (Io che sto scrivendo):

Facciamo un applauso a Mercedes e Daniel!

Secondo me, se lo meritano!!

Dai, forza applaudite ovunque voi siate!

Siii cosi si fa! Braviiiii!!! Siete stupendiiii cari lettori, io applaudo per voi!

(Che ridere, immagino la scena, persone che applaudono in giro per le città, paesi, sulla metro, autobus, panchine, a casa…. etc).

Ritorniamo al Taccuino Rosso ……

Colazione ultimata, Daniel prende un secondo caffè, sistema la cucina, avvia la lavastoviglie, e va in doccia. Mercedes sistema il letto mette in ordine i cuscini, anche se verrà la donna delle pulizie, vuole lasciare in ordine, la casa è a posto.

Mercedes raggiunge in doccia Daniel.

Finita la doccia Mercedes e Daniel si preparano per il viaggio.

D: Io bermuda e questa polo, voglio stare comodo, ho messo nel bagaglio a mano, un foulard ed un pullover di cotone, a volte in treno l'aria condizionata è altissima.

M: Io indosso questo pantalone lungo, perché ho paura di gelarmi le gambe e questa camicetta ho anch'io un foulard ed un golfino aperto a portata di mano.

Arriva Valentina, è in anticipo.

Buongiorno vi ho portato dei cornetti per la colazione, sono ancora caldi.

D: Buongiorno Vale, grazie, io uno lo assaggio.

M: Ciao Vale sei arrivata prima?

V: Si ho accompagnato Antonello in un posto abbiamo impiegato meno del previsto e son venuta qua. Noi partiamo domani alle 11:00 dall'aeroporto di Napoli poi da Malpensa a Moltrasio in taxi.

M: Il concerto è venerdì.

V: Sarà un successo Mercedes, vedrai, ora hai anche l'angelo custode (ride).

M: Si il mio Re (ride).

D: Dimmi o mia regina, sarò sempre un tuo umile servitore (in tono regale/teatrale).

V: Voi siete matti, ma vi voglio bene.

D: Noi siamo pronti, portiamo giù i bagagli ed andiamo. Caricano l'auto e via per la stazione. Arrivano in pochissimi minuti, ma nessun parcheggio, Vale si ferma nei pressi dell'ingresso principale, scaricano le valigie e lei va a parcheggiare.

Daniel e Mercedes si fermano nella hall, controllano i monitor, il treno è in orario e si fermerà al binario tre.

Arriva Valentina, V: Eccomi, qui non ci sono parcheggi mah!? Ok prendiamo un caffè?

M: No io sono ok, ma prendiamo qualche panino per il viaggio o dei tramezzini ed anche un paio di bottiglie d'acqua.

D: Vado io, hai preferenze per i panini o tramezzini, Mercedes?

M: Vegetariani grazie.

D: Ok.

Valentina e Mercedes parlano in spagnolo.

D: Eccomi ho preso tutto, acqua, due tramezzini ed un panino a testa non moriremo di fame.

Arriva il treno è in leggero anticipo, le carrozze in prima classe sono in testa.

Mercedes e Daniel salutano Valentina …. M + D: Ci vediamo a Milano.

V: Fate buon viaggio.

Daniel e Mercedes trovano subito posto, la prima classe non è pienissima, sistemano le valigie, i posti sembrano comodi. Il treno riparte dopo pochi minuti.

D: Le poltrone sono comode.

M: Si molto, poi sembra che non faccia così freddo l'aria condizionata non è a mille!

Daniel prende la mano di Mercedes….. e le dà un bacio.

Mercedes apre il suo Pc vuole preparare le ultime cose per il concerto di venerdì.

Daniel si addormenta…

Il treno supera Caserta in direzione di Roma, Mercedes si gode il panorama italiano….. anche lei prende sonno.

Il treno si ferma alla stazione di Roma, Daniel prende appunti sul Taccuino Rosso, Mercedes avrebbe voglia di leggerlo, ma non si può.

Lo staff del treno per i passeggeri della prima classe, offre da bere, una bevanda calda ed uno snack. Daniel prende un succo ed uno snack dolce, anche Mercedes lo stesso.

M: Ho ricevuto un' email dal mio agente, mi vorrebbero per un concerto a Parigi è una data nuova, vieni con me?

D: Si certo perché no!

M: Allora do la disponibilità.

L'alta velocità macina chilometri Firenze, Bologna.

Daniel controlla la distanza, tra circa un'ora saremo a Milano. Dov'è l'appartamento?

M: In centro, l'indirizzo è in Corso Garibaldi.

Daniel inserisce su google map l'indirizzo, non è neanche troppo lontano dalla stazione, la zona sembra ricca di locali, ed anche molto bella.

Il treno viaggia in orario, anche se lunga la tratta Benevento Milano, Mercedes e Daniel non sembrano molto stanchi.

M: Per l'appartamento, ci sarà una persona dell'agenzia, che ci accompagnerà, ci darà le chiavi e ci mostrerà come usare le varie utenze, cose come lavatrice, fuochi etc. Le invio un messaggio con l'orario previsto di arrivo. Si Chiama Carmen, dalla foto sembra spagnola, Mah?

M: Mi ha risposto ha detto che sarà in appartamento, per controllare che sia tutto ok.

D: Perfetto.

M: La produzione questa sera organizza un aperitivo con la stampa alle 18.30 nei pressi dell'Arco della Pace e presentano la rassegna agli invitati.

D: Dai che bello, andiamo, come ci vestiamo io non credo di avere nulla di adeguato.

M: Troveremo qualcosa a Milano si va a fare shopping.

Il convoglio rallenta, si avvicina alla stazione centrale del capoluogo lombardo. Sono arrivati a Milano, scendono dal treno e si dirigono presso il parcheggio dei taxi, c'è un po' di fila per l'attesa, ma è scorrevole, salgono su di un taxi guidato da una donna.

Taxista: Dove andiamo?

M: In Corso Garibaldi.

Taxista: Bene, la prima volta a Milano?

M: Si.

D: Non risponde, è intento ad inviare messaggi, tra le altre cose Albe e Claudia arriveranno nel primo pomeriggio, sono in viaggio, anche loro in treno.

Non c'è molto traffico, la zona che attraversano con il taxi, sembra di recente costruzione, ha dei palazzi moderni molto belli, il taxi entra nella zona di Porta Nuova appare il Bosco Verticale disegnato da Stefano Boeri, un 'opera imponente, innovativa, unica.

Taxista: Siamo arrivati!

Mercedes e Daniel scendono, Mercedes paga e chiede la ricevuta.

M: Grazie.

Taxista: Grazie a voi e buona permanenza a Milano.

D: Grazie!

M: Chiama al telefono Carmen…

Carmen: Risponde sono in appartamento dove siete?

M: Davanti all'ingresso.

Carmen: Citofonate, il codice è 1414 e vi apro il portone, secondo piano.

D: Digita 1414 e si apre il portone.

Entrano, prendono l'ascensore, Daniel spinge il pulsante per il 2 piano, al pianerottolo c'è Carmen.

Carmen: Benvenuti! prego entrate, vi mostro l'appartamento.

M + D: Grazie.

Carmen qui c'è la cucina, il piano cottura è ad induzione molto facile da usare, qui c'è la macchinetta per il caffè americano e la Nespresso. Vi mostro il bagno, in realtà ce ne sono due, ma molto simili l'uno con l'altro, e queste sono le camere da letto, in casa c'è tutto, pentole bicchieri non dovrebbe mancare nulla, vi lascio le chiavi, per qualsiasi cosa chiamatemi e per allungare la prenotazione, vi chiedo una gentilezza, entro domani alle 14:00 grazie.

M: Grazie Carmen tutto prefetto!

Carmen: Arrivederci, e buona permanenza.

L'abitazione è nuovissima, molto moderna, c'è anche un balcone che dà su Corso Garibaldi.

Daniel e Mercedes sono contenti, l'appartamento è più grande di quello che pensavano.

Daniel si toglie le scarpe, in casa c'è il parquet, si sente più libero senza, anche Mercedes si cambia, indossa un pantaloncino ed una t shirt.

M: Dopo andiamo a fare la spesa, acqua, caffè, prendiamo un po' di cose.

D: Guardo se in zona c'è un supermercato.. sì ce n'è uno qui vicino.

M: Perfetto tra un po' andiamo Danielito.

D: Se vuoi vado io, tu resti a casa per le tue cose.

M: Si ottima idea, sistemo la valigia, ti preparo la lista per la spesa, conserva lo scontrino ho un piccolo rimborso dalla produzione.

D: Certo! Mi avvio mandami la lista con un whatsapp.

M: Si amore.

Daniel scende e si incammina verso il supermercato, usa il telefono per orientarsi, ha inserito l'indirizzo nel navigatore e segue le indicazioni. La zona è bella, molto curata, ci sono tantissimi locali, bar, ristoranti ed è un'area pedonale. Daniel vede la fermata della metro, quindi sono in una posizione ideale per gli spostamenti in città, questo semplifica tutto.

Arriva al supermercato, c'è un po' di folla, molti turisti, girando tra gli scaffali, nota che i prezzi sono più alti rispetto a quelli di Benevento, compra le cose che Mercedes ha richiesto, ed altre che lo ispirano. Prende anche una bottiglia di Prosecco e seguendo i consigli di Valentina sceglie un DOCG Millesimato. Ritorna all'appartamento il tragitto è breve, arriva all'ingresso del palazzo digita 1414 risponde Mercedes, mi apri amore?

M: Certo che sì! (ride).

D: Ho preso quasi tutto, caffè, una cassa d'acqua, dei biscotti, un pacco di pasta, pelati, un formaggio, ed anche della mortadella mi ispirava.... etc

M: Bravo!

Squilla il telefono di Daniel, è Alberto.

A: Daniel noi siamo quasi arrivati a Milano, perché stasera non organizziamo qualcosa?

D: Venite alla presentazione della rassegna…. Mercedes possono venire anche loro, sono Albe e Claudia?

M: Certo!

D: Ti mando un msg con l'indirizzo e l'orario, ti anticipo che la zona è Arco della Pace alle 18:00.

A: Perfetto so dov'è, a dopo, saluta Mercedes.

M: Scrivo alla produzione, per far aggiungere due ospiti all'aperitivo.

Squilla il telefono di Mercedes, è la produzione…. Parlano per un po'…. Mercedes saluta, grazie a dopo.

D: Tutto ok?

M: Si mi hanno chiesto di essere lì alle 17:30/45, e se l'appartamento è ok. Andiamo a comprare qualcosa per te?

D: Si andiamo.

M: Io sono pronta scendiamo.

Mercedes e Daniel si dirigono verso Brera, ci sono diversi negozi di abbigliamento, si fermano in un grande magazzino, ci sono degli sconti, entrano.

Daniel nota subito una camicia a righe (mille righe) che batte sul celeste, c'è la sua misura, Mercedes prende un pantalone grigio ferro, questo non è male, perché non lo provi.

D: Si provo tutto… va in camerino, intanto si avvicina un addetto alle vendite se avete bisogno chiamatemi.

M: Si grazie.

Daniel esce dal camerino.

Mercedes stai benissimo!

D: Dobbiamo accorciare solo il pantalone.

M: Chiama il commesso, può prendere la misura per l'orlo del pantalone?

Commesso: Si certo! noi forniamo un servizio interno, per le modifiche sui capi.

M: Perfetto ci serve tra pochissimo!

Commesso: Chiedo se è possibile farlo subito, con l'intercom parla con la sartoria, e gli dicono di sì, siete fortunati, eccezionalmente faranno la piega al pantalone subito.

D: Grazie! Allora vado a pagare.

Commesso: Si perfetto, tornate tra una quindicina di minuti e sarà pronto.

M: Grazie!

Daniel e Mercedes si muovono in Brera, c'è tanta gente in giro, ci sono molti locali con i tavoli all'esterno, la movida Milanese sicuramente frequenta questa zona storica della città.

M: Bella questa parte della città, forse per i residenti un po' caotica, con tutti questi locali ci sarà sempre movimento.

D: Secondo me si, dopo un po' il caos stanca.

M: Magari una di queste sere ci fermiamo per un aperitivo in qualche locale qui.

D: Si dobbiamo provare, il famoso aperitivo milanese.

Ritornano verso il negozio per ritirare il pantalone, è pronto! Daniel ringrazia.

D: Eccomi …. È contento mancano le scarpe, si avvicina ad una vetrina ma nessun modello lo ispira. Non mi piace nulla in questa vetrina.

M: In effetti neanche a me.

Sono quasi arrivati a casa, in Corso Garibaldi c'è anche una chiesa, entrano per visitarla. Dall'esterno sembra doppia, la facciata presenta due ingressi, si chiama Santa Maria Incoronata, gli interni sono ricchi di affreschi, inoltre c'è un Organo a Canne che coglie subito l'attenzione di Mercedes.

M: (a bassa voce) Bello questo organo, non se ne vedono molti in giro, e di recente costruzione, sarebbe bello suonarlo.

D: Si tu lo suoneresti da Dio (ride).

M: Daniel non farmi ridere (ride e non riesce a trattenersi).

Escono dalla chiesa trattenendo le risate.

M: Daniel non puoi fare battute del genere in chiesa!

D: Perdonami Regina, e le dà un bacio.

Si avviano verso l'appartamento, arrivati su, doccia veloce si vestono e scendono a prendere un taxi c'è un parcheggio proprio vicino casa.

Salgono in Taxi, D: All'arco della pace grazie!

Tassista: Certo!

Il viaggio è breve in una decina di minuti sono a destinazione.

M: Grazie! Mi dà la ricevuta?

T: Eccola arrivederci.

Sono in perfetto orario, una persona dello staff del festival, ha condiviso con Mercedes la localizzazione, Mercedes la segue, sono vicinissimi, arrivati.

Il locale è in un cortile interno, è generalmente usato per eventi, all'ingresso il logo della manifestazione ed un cartellone con tutti i concerti.

Un team di hostess, accoglie gli ospiti, la stampa, etc.

Si avvicina Marina, una delle organizzatrici…. Finalmente ci incontriamo Mercedes!

M: Ciao Marina! Finalmente ci conosciamo, un vero piacere.

Marina: Il piacere è tutto nostro, venite vi presento gli altri, Marina mentre si avvicinano agli altri organizzatori, si presenta a Daniel stringendogli la mano, Daniel ricambia.

Marina: Il Team del festival, eccoli, Mercedes saluta e scambia qualche battuta con tutti, Daniel assiste un po'in disparte ai convenevoli di rito. Marina poi li invita a seguirla, questo è il vostro tavolo. All'ingresso i vostri ospiti sono accreditati come Mercedes + due. Poi verso le 18:00 ci sarà la presentazione degli artisti, del cartellone etc, magari la stampa, dalla sala porrà qualche domanda.

M: Certo nessun problema. Mercedes raggiunge Daniel al tavolo.

D: Sei bellissima Mercedes, questo abito ti sta benissimo;

M: E' di mia madre, lo comprò in Italia tanti anni fa, proprio qui a Milano. Il vestito è di uno stilista che non c'è più, lui era considerato l'architetto della moda, le sue creazioni erano piccole opere d'arte, per me un vero genio. Nella famiglia di mia madre erano tutti sarti, avevano più di una sartoria in Argentina, ed in casa si è sempre parlato di moda, soprattutto di quella Italiana.

Daniel vede all'ingresso Alberto e Claudia si alza per farsi vedere, alza anche la mano per farsi notare, Claudia lo vede, lo saluta, si avvicinano al tavolo, Claudia sembra una modella, tubino nero, borsa e scarpe abbinate, stupenda. Alberto più sportivo ma elegante.

D: Ben arrivati! Un piacere rivedervi, Claudia sei stupenda, e le dà un bacio sulla guancia! Albe! (lo abbraccia)

Claudia saluta Mercedes.

C: Che meraviglioso vestito Mercedes, sei incantevole! Si abbracciano.

Anche Albe abbraccia Mercedes. Si siedono al tavolo.

A: Mi sento un vip con voi, questo posto, questa gente, non mi sarebbe mai capitato. Partecipare ad un evento del genere ed avere un tavolo riservato, grazie Mercedes! Scatta una foto, inquadrando tutti e quattro. La invio ai miei.

D: Salutami gli zii Albe!

A: Certo!

Un'assistente si avvicina, invita Mercedes a seguirla, la accompagna al tavolo dove ci sono tutti gli altri artisti della rassegna.

In sala c'è anche qualcuno del consolato Argentino, Mercedes è ben nota in Sud America e la sua partecipazione all'evento, ha suscitato interesse nella comunità Argentina di Milano, consolato compreso.

Il Direttore Artistico apre la serata con un discordo sul Festival, sulle scelte artistiche, ed espone il quadro generale della manifestazione. Presenta tutti i musicisti che suoneranno all'evento, alcuni artisti scambiano qualche battuta con il pubblico e con i giornalisti. Quando il Direttore presenta Mercedes, in sala parte un lungo applauso, Mercedes Sousa, è tra le pianiste emergenti, più importanti dell'ultimo decennio.

Un giornalista le chiede, come si svilupperà il suo concerto?

M: La mia famiglia possiede da sempre dei cinema in Argentina, e fin da bambina, ho trascorso gran parte del mio tempo immersa nel mondo dei film e delle colonne sonore.

Più dei film, però, mi resi conto che amavo la musica dei film, amavo le colonne sonore. Quando ad una rassegna vidi, C'era una Volta in America, di Sergio Leone, li capii che volevo fare la musicista, anzi la pianista. Ennio Morricone mi conquistò, le musiche del film erano meravigliose e da quel momento in poi non mi sono più fermata, lui per me, è la grande eccezione a tutte le regole.

La performance, sarà guidata dalle immagini di un capolavoro del cinema Italiano, La Dolce Vita, Il mio obiettivo è quello di interpretare questa opera di Fellini, creando un flusso musicale, grazie alle note del mio pianoforte. Sarà un viaggio uditivo, tra improvvisazioni e repertorio classico, e le immagini saranno l'impatto visivo della performance. Il ritmo del film, darà anche il ritmo al soundtrack, unendo il fascino del cinema con la magia della musica dal vivo.

In sala applaudono tutti, Mercedes li ha conquistati come solo i grandi artisti riescono a fare. Saluta e si incammina verso tavolo, dove la attendono Daniel, Albe e Claudia.

Tutti la salutano, dalla sala: "non vediamo l'ora di vedere il concerto", "aspetto da mesi la tua performance"….

Mercedes non credeva di essere così attesa a Milano, si è famosa, ma lo è più in sud America, un po' meno in Europa, ma le cose stanno cambiando.

Al tavolo Daniel la abbraccia e le dà un bacio sulla guancia, sei stata divina!

C: Brava Mercedes!

A: Mercedes, sei la numero uno!

M: Grazie!

Al tavolo si avvicina un uomo distinto, si presenta, piacere, Alcides Campi, sono del consolato Argentino.

M: Piacere Dott. Campi, Mercedes Sousa, loro sono Daniel, Alberto, e Claudia.

Alcides: Piacere mio! Mi piacerebbe invitarla domani ad un aperitivo che terremo in consolato qui a Milano, so che non ha praticamente preavviso, ma ho pensato di chiederglielo lo stesso, Il console è un suo ammiratore.

M: Grazie mille le farò sapere domani, se non le dispiace.

Alcides: Certo! Non si preoccupi, la descrizione del suo concerto ha incantato tutti, io sarò in prima fila venerdì.

M: Grazie mille, speriamo vada tutto come previsto.

Alcides: Non ho alcun dubbio a riguardo, le lascio il mio numero diretto per l'eventuale conferma di domani, non che per qualsiasi altra necessità, è stato un piacere conoscerla.

M: Piacere mio a presto.

Albe ha girato un video della conferenza stampa, lo mostra a Mercedes.

M: Me lo invii Albe lo giro ai miei e Vale.

A: Certo te lo mando con Air Drop.

M: Accetto, ricevuto, grazie.

V: Io vado al buffet ho fame.

D: Vengo anch'io.

A: Vi seguo.

D: Mercedes ti prendo qualcosa dal buffet?

M: Si mi prendi le tartine ed il pan brioche, poi quello che ti ispira, grazie.

D: Certo mia Regina (ride).

M: Vieni qua un secondo …gli dà un morsetto sulle labbra.

D: Ahia … (ride) Sei stupenda Mercedes.

Albe mostra a Mercedes il suo whatsapp, Valentina ha visto il video dove Mercedes risponde alla domanda del giornalista, il suo commento: SEI DIVINAAAAAAAAAA amica mia.

A: Vale mi fa morire, lei è unica, arriverà domani, ma chi è Antonello?

M: Lui mi sembra a posto, si sono visti in giro per Benevento e poi al KiloWatt si sono messi insieme.

Il KiloWatt è un locale da vedere Albe, veramente bello, arredato con gusto, bella musica, sembra un locale di New York, il proprietario ha lavorato per diversi anni in Francia. L'azienda di Antonello lo ha progettato e realizzato, la sua famiglia è da sempre nel business dell'edilizia.

Claudia arriva con due flute di prosecco, Mercedes ho pensato che lo gradissi.

M: Grazie Claudia, anche tu stasera sembri uscita da Vogue, sei bellissima, hai occhi addosso da mezza sala.

C: Ma si, cosa dici Mercedes, tu li hai stesi tutti con il tuo discorso.

Squilla il telefono di Mercedes, è Vale, parlano in spagnolo….

Mercedes: Domani io e Vale andremo all'aperitivo in consolato, volete venire anche voi?

A: Non io, magari Claudia.

C: No grazie non posso, domani sarò in giro tutta la giornata, a che ora è?

M: Alle 18.30

C: No impossibile, saremo in centro a quell'ora, vedremo.

L'aperitivo prosegue, Mercedes decide di fare un giro al Parco Sempione, andiamo per una passeggiata?

Tutti: Si andiamo.

Mercedes saluta gli organizzatori, ed escono dal locale.

D: (In modo ironico) Questo arco, me ne ricorda un altro, che abbiamo visto nei giorni scorsi (ride)

M: Siamo perseguitati dagli archi, dopo quello di Benevento, ora questo di Milano.

D: Se poi andiamo a Parigi anche lì ne vedremo un altro ancora (ridono tutti).

La passeggiata prosegue nel parco, Daniel e Mercedes si rendono conto che sono vicini all'appartamento e decidono di tornare a piedi.

Albe e Claudia prenderanno un Tram.

M: Ci vediamo domani, grazie per essere venuti.

A + C: Grazie per l'invito a domani.

Mercedes e Daniel arrivano a casa, sono stanchi e vanno quasi subito a dormire…

D: Buonanotte mia regina….

Mercedes dorme, non risponde.

L'indomani Daniel si sveglia intorno alle sette prepara la colazione per Mercedes oramai è un rito, è la giornata inizia nel migliore dei modi. Mercedes controlla le email….

M: Mi hanno cambiato l'orario dello studio prove, lo hanno anticipato a questa mattina alle 10:00 devo andare a quell'ora, non ho alternative.

D: Dai, va bene, ti accompagno e poi ci vediamo da qualche parte o vuoi tornare a casa?

M: Preferisco tornare a casa, il concerto è dopodomani, voglio essere sicura di avere tutto pronto. Vieni all'aperitivo in consolato?

D: Se vuoi si ti accompagno mia regina, e le dà un bacio.

M: Si andiamo insieme.

Daniel scrive appunti nel suo Taccuino Rosso. Questa mattina, prima che Mercedes si svegliasse, ha rivisto una foto di Michelle. Ha riflettuto su quanti indimenticabili momenti hanno trascorso insieme, e su quanto si siano amati. Il destino, però, ha deciso diversamente per Michelle; la sua scomparsa ha toccato molte persone, tra cui la sua famiglia, i suoi parenti, i suoi amici e logicamente Daniel. A Daniel verrebbe da piangere: Michelle è ancora nel suo cuore, ma deve guardare avanti.

Mercedes gli ha sollevato lo spirito, e si sono chiariti molti pensieri. Con Mercedes, riesce ad avere una maggiore fedeltà all'allegria, e vede la vita con un'altra prospettiva. A Daniel sovviene in mente una frase di Seneca: "Non c'è vento favorevole per un marinaio che non sa dove andare", e per lui, dopo il tragico evento di Michelle, è stato proprio così.

Mercedes è quasi pronta per uscire.

M: Daniel sei silenzioso questa mattina, tutto bene, mio Re?

D: Si Mercedes con te sto sempre bene, e le dà un bacio. Devo comunque riabituarmi ad un'allegria, ed una forma mentis che avevo rimosso, ma con te è riemersa più forte di prima. Lo stare bene con una persona, riesce a cambiare le cose molto velocemente. Mercedes, mi sto innamorando di te, e sono un po' spaventato.

M: Daniel, io ho una paura folle di perderti, con te, mi sento, come non mi sono mai sentita prima. Con te, ho imparato a cogliere l'attimo presente, e questo mi permette di vivere la nostra storia con leggerezza e seguendo i miei istinti senza freni.

D: Bacia Mercedes, il desiderio investe, le loro menti, i loro corpi. In un istante, come per magia, si accende un fuoco di passione, travolgente. Ogni tocco, ogni sguardo, sembra comunicare più di quanto le parole potrebbero mai esprimere. L'intimità condivisa diventa un'esplosione di desiderio, ma anche di complicità e connessione. L'amore, si manifesta come una forza irresistibile e senza controllo, in un trasporto felice di emozioni incontrollabili.

Il tempo trascorre velocemente, Mercedes deve andare alle prove, si è fatto tardi. Si rivestono velocemente.

M: Prendiamo un taxi è la cosa più semplice da fare. Daniel mi piace fare l'amore con te!

D: Io sono al settimo cielo Mercedes….. tu sei la mia regina…. sì prendiamo un taxi!

Si dirigono a piedi alla fermata dei Taxi per fortuna ce n'è uno solo, ed è libero.

Taxista: Dove andiamo?

M: Piazza Buonarroti, grazie.

Mercedes oggi proverà il suo concerto in un luogo magico di Milano, nella Casa di riposo per musicisti della Fondazione Giuseppe Verdi, chiamata da tutti "Casa Verdi".

Arrivano a destinazione.

D: Mercedes tu hai lo studio delle prove qui?

M: Si perché?

D: Perché il posto è bellissimo, è la Fondazione di Giuseppe Verdi! Io voglio fare un giro nel palazzo.

M: Non so se puoi visitarlo ma chiediamo.

Entrano in Casa Verdi.

M: Buongiorno, sono Mercedes Sousa ho uno studio - sala prove prenotata per le 10:00

Receptionist: Buongiorno la stavamo aspettando, è un grande onore averla in Casa Verdi, una persona arriverà tra poco, e le mostrerà lo studio.

M: Daniel, il mio compagno vorrebbe visitare Casa Verdi è possibile?

Receptionist: Certo per lei facciamo un'eccezione.

M + D: Grazie mille!

Receptionist: Alcuni degli ospiti di Casa Verdi vorrebbero conoscerla, se lei ha un minuto dopo le prove, può fermarsi da noi per un caffè e scambiare due chiacchiere con i presenti. Tutti gli ospiti di Casa Verdi sono stati dei musicisti, ed adorano incontrare nuovi talenti, quando hanno saputo che avrebbe utilizzato una delle nostre sale prova, hanno più volte parlato di lei, lei è molto popolare signorina Sousa.

M: Grazie non me lo sarei mai aspettato. Dopo le prove, mi fermerò volentieri per un caffè.

Arriva una ragazza è una delle coordinatrici.

Buongiorno sono Melinda F.

M: Buongiorno!

D: Buongiorno.

Melinda: La stavamo aspettando Signorina Sousa, le abbiamo riservato una delle nostre sale più belle, venga mi segua.

Mercedes segue Melinda, mentre Daniel attende all'ingresso. La residenza è ricca di storia, gli arredi ed i dipinti raccontano un glorioso passato. Nella residenza riposano Verdi e sua moglie.

Arrivati a destinazione, Melinda spiega che la sala, sarà a sua disposizione per un 'ora e mezza, alla fine delle prove se vorrà, potrà fermarsi per un caffè con i residenti di Casa Verdi.

M: Grazie dopo le prove mi fermerò volentieri per un caffè.

Melinda: Verrò a prenderla, a dopo.

In sala prove c'è un pianoforte che conosce benissimo, Mercedes ha studiato in Argentina sullo stesso modello, è un segno che si trova nel posto giusto. Prepara i suoi appunti, i suoi spartiti, l'ipad ed inizia le prove. Il suono del pianoforte si diffonde anche negli ambienti adiacenti, in un contesto dove la bellezza ottocentesca e la storia sono presenti in ogni angolo del palazzo.

Daniel ancora all'ingresso attende, arriva finalmente una persona, che gli spiega che dovrà venire tra circa mezz'ora perché al momento alcune sale sono chiuse.

D: Certo verrò tra una mezz'ora, a dopo grazie.

Daniel decide di fare una passeggiata in zona. Visita qualche negozio, si ferma in una libreria dove all'interno c'è anche un caffè – bar. Prende un cappuccino, si siede ad un tavolo e tra le sue mani il suo prezioso Taccuino Rosso. Scrive delle frasi, si scorge qualcosa *"se la canzone centra il dna delle persone si riconoscono nel pezzo* "chissà cosa c'è in quel taccuino. Daniel pensa a Kleinburg. In questo periodo la cittadina è bellissima con i giardini in fiore, gli manca la sua famiglia, ed immancabilmente Michelle. Ricorda che l'ultima estate che trascorsero insieme a Kleinburg, fu tra le più belle. Michelle si stava preparando per uno dei suoi viaggi di ricerca, era solare, aveva questa voglia di scoprire, di immergersi nelle culture di altri paesi a lei tanto care. La sete di conoscenza, e la curiosità innata erano, secondo Daniel, il motore trainante della loro relazione, a questo c'era un infinito amore. Daniel ha quasi sempre appoggiato le iniziative di Michelle, tranne sull'ultimo viaggio. Era titubante, incerto, c'era qualcosa fuori posto, ma non sapeva cosa fosse. Nel suo cuore, Daniel non voleva che Michelle partisse per quella missione di ricerca in America centrale. Se avesse insistito, avrebbe espresso le sue preoccupazioni. Dopo più di due anni e mezzo senza alcuna notizia, Daniel ha fatto pace con sé stesso. Ormai non nutre più speranze; Michelle è forse da qualche parte lassù, a osservare il mondo dall'alto. Ora c'è Mercedes, un qualcosa di inaspettato e travolgente, la vita continua ed è sempre una meravigliosa scoperta.

Daniel si avvia a Casa Verdi per la visita, il palazzo dell'800 ha un fascino di altri tempi, Giuseppe Verdi è stato uno tra i più grandi compositori al mondo.

Daniel arriva all'ingresso di Casa Verdi, ora alla reception c'è una ragazza, Buongiorno, mi dica.

D: Sono qui per la visita.

Receptionist: Si tra qualche minuto arriverà qualcuno, lei è il compagno della pianista Argentina?

D: Si!

R: Ho ascoltato le prove, lei è stellare, se queste sono le esercitazioni, il concerto sarà fenomenale, e mi creda, qui di musica se ne ascolta tanta.

D: Non ho dubbi

Arriva un'addetta, buongiorno sono Michela T. e la porterò in visita a Casa Verdi.

D: Grazie.

Michela: Prego mi segua.

Iniziano il tour della villa, gli arredi i dipinti ed i colori del palazzo proiettano Daniel alla fine dell'ottocento. L'atmosfera è simile a quella che si vedeva nei film ambientati alla fine del XIX secolo, dove c'erano grandi sale e tutti ballavano, volteggiando in questi enormi spazi, con indosso vestiti sgargianti e sontuosi.

Per Daniel è un privilegio scoprire questo luogo, ricco di storia e di fascino, l'accesso alle Sale Museali ed il Salone d'Onore completano la visita. Tra gli ambienti visitati, La Sala Turca ha stupito Daniel, arredata con uno stile orientale risulta veramente unica. Sono presenti numerose sculture e diversi dipinti, ci verrebbe più tempo, ma per Daniel hanno fatto un'eccezione il giro è stato più breve del solito. Il tour della villa termina, e Daniel ringrazia la sua accompagnatrice.

Michela: Arrivederci.

D: Arrivederci, ed ancora grazie.

Michela: Di nulla.

Mercedes ha terminato la sua session di prove e raggiunge Daniel all'ingresso.

M: Daniel devo fermarmi per un caffè, alcuni ospiti di Casa Verdi vogliono conoscermi.

D: Certo Mercedes ti aspetto fuori e le dà un bacio.

Mercedes accompagnata da un addetto, si reca in un salone dove ad attenderla ci sono diverse persone.

Appena entra, riceve subito un applauso. Mercedes è stupita di ricevere un'accoglienza così calorosa.

M: Grazie mille! Si accomoda in una delle poltrone all'interno di un salotto spazioso. Intorno a sé persone di una certa età, sono stati tutti musicisti, compositori, cantanti, insegnanti etc.

Una signora si presenta e le chiede, quale è il sentimento che la porta a suonare il pianoforte? Io l'ho suonato per anni.

M: Per me, suonare il pianoforte significa poter condividere con coloro che ascoltano la capacità di provare emozioni, sognare e viaggiare attraverso la musica...

Si susseguono domande, e risposte. Gli ospiti della Casa di Riposo sono molto preparati, Mercedes è piacevolmente coinvolta. Dopo una lunga chiacchierata Mercedes ringrazia e saluta i presenti e raggiunge Daniel all'ingresso. Prima di lasciare questo meraviglioso palazzo, controlla l'orario dello studio per le prove di domani, è alle 10.30, perfetto. Daniel attende Mercedes nei pressi dell'ingresso di Casa Verdi. Ciao Mercedes allora com'è andata?

M: Molto bene, il posto è stupendo, non ho mai avuto la possibilità di fare le prove in un luogo così, c'è una magia diffusa, in ogni angolo del palazzo, poi per chi ama la musica e poter suonare dove riposa Giuseppe Verdi è un'esperienza impagabile.

D: Ho visitato il palazzo ed è davvero un luogo unico. La musica, l'arte e la creatività convivono in uno spazio dedicato agli artisti e a chi ha fatto della musica il centro della propria vita: concerti, spartiti e avventure intorno al mondo, guidate dalla passione per questa forma d'arte. Immagino

Giuseppe Verdi, insieme a sua moglie, osservare dall'alto, questo meraviglioso, piccolo mondo. Casa Verdi continuerà a intrecciare le note della sua storia nella melodia senza tempo della musica. Verdi era davvero un individuo straordinario, e sicuramente fuori dal comune. Che privilegio aver visitato Casa Verdi, tutto questo grazie a te Mercedes

M: Che dolce che sei Daniel, andiamo a casa? Sono stanca.

D: Certo! Prenoto un taxi.

Il taxi arriva dopo una decina di minuti.

Daniel e Mercedes entrano in auto.

Taxista: Dove andiamo?

D: In Corso Garibaldi grazie.

Il viaggio è breve arrivati a destinazione, scendono dal taxi, e si accingono a salire in casa.

D: Per il pranzo se vuoi Mercedes, vado a prendere del sushi e mangiamo quello?

M: Si è un'ottima idea io intanto salgo e blocco l'appartamento ancora per tre giorni? o quattro?

D: Tre poi andiamo a Venezia che dici?

M: Si Venezia, ma pernottiamo al Lido amo quel posto.

Mercedes invia un messaggio all'agenzia per bloccare l'appartamento per altri tre giorni.

D: Al lido di Venezia non sono mai stato.

M: Vedrai ti conquisterà è uno dei posti dove mi piacerebbe vivere.

D: Ok, vado al super.

Squilla il telefono di Mercedes, è Valentina, sono arrivati a Moltrasio, si organizzano per questa sera per l'aperitivo in consolato.

Mercedes prepara la tavola, e si riposa.

Daniel ritorna a casa con il sushi, lo ha comprato in un supermercato, nei pressi dell'appartamento, l'aspetto è invitante.

D: Mercedes? Dove sei?

Mercedes si è addormentata sul divano, la lascia riposare, non la sveglia, ripone in frigo il sushi.

Daniel decide di dare uno sguardo alle email, apre il pc, risponde ad un po' di persone e cerca su internet, Lido di Venezia, guarda delle foto, il posto sembra molto bello. Si rende conto che ogni volta che Mercedes suggerisce qualcosa, trova una naturale corrispondenza con i suoi gusti, è come se avesse letto nella sua mente, cosa gli piace e cosa no, Daniel potrebbe perdere la testa per questa ragazza di Mar del Plata.

M: Daniel scusa, mi sono addormentata.

D: Per cosa Mercedes!? Si avvicina e si allunga sul sofà, la abbraccia, ora capisco perché ti sei addormentata è comodissimo questo divano.

M: Dai mangiamo ho fame.

D: Sembra molto buono questo sushi, c'era tantissima gente in fila per comprarlo, al supermercato, te lo preparano al momento.

Si siedono a tavola, in effetti il sushi è ottimo.

M: Buono Daniel, veramente buono.

D: Si qualità molto alta.

M: Nel primo pomeriggio viene Vale a casa, Antonello andrà a salutare alcuni parenti che vivono a Milano, con lui ci ritroveremo dopo l'aperitivo in centro.

D: Perfetto.

Finito il pranzo Mercedes ordina la cucina, ed avvia la lavastoviglie.

Daniel nota sul suo telefono, una email di conferma, la apre subito, la aspettava da qualche giorno. Il suo ordine è disponibile presso un punto di ritiro, è il regalo per Mercedes. Daniel si sente sollevato, per fortuna è arrivato in tempo. Andrà a ritirarlo domani mattina, quando Mercedes sarà alle prove.

Mercedes va in camera da letto, si riposa, Daniel la raggiunge.

Nel tardo pomeriggio…

Squilla il telefono di Mercedes, è Valentina è in corso Garibaldi, con lei Antonello, che però non salirà in casa, dovrà andare dai suoi parenti che abitano lontano dal centro si vedranno dopo.

M: Vale al citofono, digita 1414, così ti apro.

Vale digita il codice prende l'ascensore ed arriva in casa.

V: Che bello rivedervi! Mi siete mancatiiiii!!

Mercedes Abbraccia Vale, allora? Vale da un bacio sulla guancia a Daniel.

V: Mercedes cosa vuoi che ti dica, lui mi piace mi piace tantissimo. Questo potrebbe essere un problema, come si fa. Ora non voglio pensarci si vedrà al momento.

V: Voi cosa mi dite?

D: Io nulla (ride).

V: Nullaaa (da una spinta a Daniel) siete felici, vi si legge in faccia da un chilometro.

M: Abbiamo deciso di andare a Venezia nei prossimi giorni, perché non venite anche voi? Poi dovrò andare a Parigi per un concerto, Daniel mi accompagnerà, tu cosa vuoi fare Vale?

V: Mercedes non lo so, io voglio stare con Antonello, la casa a Moltrasio è piccola ma stupenda, prima di partire per Venezia venite su qualche giorno. Mercedes, voglio vivere questa storia giorno per giorno, senza progetti, quello che arriva è tutto di guadagnato. Comunque domani mattina con Claudia ci vediamo in Corso Buenos Aires, perché andrò a comprare il famoso cappello per mio nonno. In macchina abbiamo un cambio nel caso dormiamo qui.

M: Si dai fermatevi qui, c'è la seconda stanza da letto con il secondo bagno, starete benissimo.

V: Lo scrivo ad Antonello, ma credo di si.

M: Mi preparo, l'aperitivo è in centro, vicino al Duomo, andiamo in metro.

D: Non so cosa indossare.

V: Ti aiuto se vuoi?

D: Certo! Grazie Vale.

V: Questi pantaloni vanno benissimo, blu scuro, anche se sono cinque tasche, sono sportivi ma eleganti. Camicia manica lunga e pullover per la sera e sei a posto, questa camicia va bene, con queste micro fantasie che battono sul celeste, è perfetta. Daniel sei al top!

D: Penso di essere più bello Vale (ride), quando indosso gli abiti di Re Giorgio, è come se mi sentissi più figo (ahhh) ma purtroppo non è assolutamente così, comunque le sue collezioni sono stupende.

V: Beh per questo lo chiamano Re Giorgio! In assoluto il mio preferito.

M: Ok siamo pronti, prendiamo la metro, e via, la fermata è Duomo.

Daniel, Mercedes e Valentina chiacchierano, la metro non è affollatissima. Dall'esterno, sembra che si conoscano da sempre, in realtà non è proprio così soprattutto per Daniel. Daniel viene dal Canada, Valentina da Mendoza, Mercedes da Mar del Plata. Quello che li accomuna è la gioia di vivere, la curiosità nel scoprire e imparare da nuove esperienze; il provare a perdersi nel ramo d'oro del sapere, della cultura. La vera cultura è ibrida, meticcia contaminata da più fonti, è sicuramente plasmata dalle persone, e forse grazie a questo sopravvive ad ogni latitudine. A loro insaputa, Mercedes, Valentina e Daniel rappresentano in parte questa tendenza: sono forse dei rappresentanti involontari di una new wave culturale? Molto probabilmente sì.

Fermata Duomo, scendono e si dirigono verso il consolato è in una traversa di Corso Vittorio Emanuele.

M: Eccoci entriamo.

Ad accoglierli una responsabile, che subito riconosce Mercedes. Parlano in spagnolo "Buenas noches, bienvenida, soy Ida….il Console vi aspetta.

M: Grazie.

Ida li accompagna al tavolo del Console.

Console: Finalmente! Grazie per aver accettato l'invito praticamente senza nessun preavviso, a volte sono le occasioni più belle, e grazie anche ad i suoi accompagnatori, prego accomodatevi.

M D V: Grazie, grazie mille.

Al tavolo, persone dello staff del Consolato, la lingua principale è lo spagnolo, ogni tanto qualche parola in Italiano, e qualcuna di Inglese.

Valentina come sempre tiene subito banco racconta della produzione vinicola della sua famiglia e molte persone sedute al tavolo, hanno assaggiato il suo Malbec, considerato tra i migliori del Sud America. Poi la conversazione arriva sulla lingua spagnola.

Console: La lingua spagnola è nata su una piccola regione montagnosa della Castiglia, credo che lo Spagnolo sia una forma di resistenza contro l'invasione dell'Inglese e del Cinese. Un Argentino parla in modo diverso da un messicano, o da un cileno, eppure la comprensione fra di loro è altissima. La lingua spagnola ha un potere dell'inclusione unico, nessuno ha mai preteso, che una variante locale della lingua, dovesse imporsi sulle altre.

Il tavolo resta incantato dal racconto del Console sulla lingua Spagnola, Daniel pensa che magnifica serata.

La serata è ricca di incontri, molti si complimentano con Mercedes e quasi tutti saranno presenti al suo concerto.

Si è fatto tardi, Mercedes suggerisce di tornare a casa.

D: Certo.

V: Si anch'io sono stanca, io ed Antonello ci fermiamo da voi.

M: Si dai così Daniel domani mattina vi preparerà la sua famosa colazione.

V: Io vi adoro!

Per il ritorno prendono un taxi.

Arrivati in Corso Garibaldi Antonello è già lì ad aspettarli.

Vale lo abbraccia, mi sei mancato Antonello, anche tu e si baciano.

M: A Daniel sottovoce, sono innamoratissimi.

D: Un po' come noi Mercedes, io mi sto perdendo con te.

M: Io lo sono già, Daniel.

Tutti si preparano per andare a letto l'appartamento è grande e tutti hanno la loro privacy.

M: Buonanotte! Vale ho preparato una tisana, la vuoi?

V: No grazie Mercedes, sono a posto, buonanotte amica mia.

L'indomani Daniel si sveglia presto intorno alle sette, è in cucina, e cerca di fare meno rumore possibile, inizia a preparare la colazione.

Colazione classica con succo d'arancia, caffè, pane tostato, marmellata e uova, non ha il bacon, ma va bene così. Ha ancora del pane cha ha portato da Benevento, Antonello ne sarà entusiasta.

Antonello si alza e raggiunge Daniel in cucina.

A: Hai bisogno di una mano?

D: No grazie, ho quasi finito devo solo accendere il forno per preriscaldarlo. Il succo d'arancia è pronto, il caffè…. eccolo, marmellata, cereali ed un po' di frutta in tavola, ci siamo, le uova le preparerò al momento.

A: Aveva ragione Mercedes, le tue colazioni sono top!

Valentina assonnata, "buongiorno" Daniel si sente un ottimo profumo di caffè!

Anche Mercedes si alza, buongiorno, arrivo, Daniel il tuo caffè sveglia chiunque (ride)

Arriva Valentina.

V: Che bella tavola, bravo Daniel, succo d'arancia, frutta, cereali, cosa c'è nel forno?

D: Il pane, è quasi pronto.

Arriva anche Mercedes a tavola, si siede.

V: Mercedes non fartelo scappare questo Daniel (ride).

La colazione di Daniel è un successo non resta nulla tranne la frutta. Tutti si preparano per uscire… o quasi.

Mercedes ha le ultime prove, domani ci sarà il concerto, Vale andrà insieme a Claudia ed Antonello a comprare il cappello per il nonno, Daniel andrà a ritirare il regalo per Mercedes.

Mercedes si prepara per la doccia, Daniel la segue …….

Valentina ed Antonello decidono di fermarsi un po' di più per la colazione e ne approfittano.

Mercedes e Daniel sono pronti per uscire, alla fine Daniel ha deciso di accompagnare Mercedes.

Andranno in bici useranno il Bike Sharing, è comodo, poi a Milano è tutta pianura. Pronti si va.

M: Ciao Vale, ciao Antonello, quando uscite tirate soltanto la porta.

V: Si Mercedes, non so se ci vediamo dopo, noi nel primo pomeriggio torniamo a Moltrasio. Comunque più tardi ti dico.

M: Ok ciao ti voglio bene.

Mercedes e Daniel trovano subito due bici a noleggio, le prendono e si dirigono verso Casa Verdi. A Milano ci sono molte ciclabili ed è molto facile girare la città, oltre alle bici, anche i monopattini sono diffusissimi e disponibili per il noleggio.

D: Bello usare le bici, vedi la città con un occhio diverso.

M: Si, poi sono comodissime e non devi impazzire per il parcheggio.

Intanto a Vale ed Antonello ne approfittano e si godono un po' di intimità. Vale ha appuntamento con Claudia in corso Buenos Aires tra un'ora e mezza c'è tempo per rilassarsi, in casa c'è una vasca idromassaggio.

Vale: Si usiamo la vasca.

Mercedes e Daniel arrivano a destinazione. Mercedes chiude il noleggio, Daniel prosegue.

M: Dove vai in bici?

D: A fare un giro, ci vediamo a casa? O vuoi che venga a prenderti dopo le prove?

M: Ci vediamo a casa hai le seconde chiavi?

D: Si le ho prese.

Daniel bacia Mercedes la saluta. Inserisce nel navigatore l'indirizzo del punto di ritiro, non è vicinissimo, ma con la bici arriverà in 18 minuti.

Daniel percorre la ciclabile lo porterà a destinazione. Arrivato a destinazione, il pacchetto è in un box di ritiro automatico, bisogna inserire un codice e si apre la cassetta per prelevare il plico.

Inserisce i dati il QR Code ed il codice, bene si apre lo sportellino numero sette, eccolo, il regalo per Mercedes.

Non vede l'ora di aprirlo, apre la busta e dentro in una splendida confezione il regalo.

Daniel resta stupito è un regalo bellissimo, Mercedes ne resterà entusiasta, è contentissimo, scatta una foto e la invia a Vale.

Daniel in bici si avvia verso Corso Garibaldi.

Valentina guarda la foto inviata da Daniel, lo chiama al telefono.

V: Daniel il regalo è stupendo! Non potevi scegliere di meglio, credimi la conosco, questa volta resterà di sasso.

D: Ehh ci ho messo un po' ma alla fine ho trovato quello giusto, hai visto anche la confezione? Quanto è bella!?

V: Si ripeto, lei resterà senza parole e lo apprezzerà tantissimo. Non vedo l'ora di vedere la sua faccia quando lo aprirà! Daniel promettimi che ci sarò alla consegna NON dimenticarlo!

D: Vale ma scherzi, ci sarai per forza, poi ti dirò quando avverrà.

V: Ok! Noi stiamo andando in Buenos Aires a comprare il cappello per mio nonno, ho appuntamento con Claudia tra una mezz'ora, vuoi raggiungerci?

D: No vado a casa, preparo il pranzo per Mercedes, questa mattina l'ho vista un po' agitata, domani sera c'è il concerto.

V: Si ok, falla stare tranquilla, deve essere serena per domani, Milano è una piazza importante, e per lei, questo concerto è importantissimo. L'ho sta preparando da mesi, è la prima mondiale, deve andare tutto come previsto.

D: Si andrà come lo ha pensato. Ieri ho sentito i commenti delle persone che hanno ascoltato parte delle prove in Casa Verdi, ed hanno detto che le melodie erano meravigliose. Se le prove sono cosi, figurati la performance live.

Claudia è davanti al negozio di cappelli in corso Buenos Aires, chiama Vale al telefono.

V: Pronto!

C: Vale sono arrivata un po' prima, sono davanti alla cappelleria, il negozio è stupendo.

V: Si ho visto delle foto, tra cinque dieci minuti arriviamo.

C: Ok vi aspetto.

Arrivano Vale ed Antonello.

V: Ciao Claudia, eccoci!

C: Ciao Vale, le dà un bacio sulla guancia, idem ad Antonello. Ma che bello è, questo negozio!

V: C'è una lunga storia su questa rivendita di cappelli. Allora mio nonno alla fine degli anni '50, forse inizio 60, venne a trovare alcuni parenti a Milano, e in quella occasione, comprò un cappello proprio da Mutinelli, in questo negozio. Mio nonno ha sempre sostenuto che quel cappello gli abbia portato grande fortuna, e quando ha saputo del mio viaggio a Milano, mi ha chiesto di comprarne un altro identico, sperando che sia ancora disponibile.

C: Che storia incredibile.

V: Dai entriamo.

Titolare: Buongiorno come posso aiutarvi?

V: Buongiorno, ho una richiesta un po' particolare, mio nonno ha comprato da voi un cappello alla fine degli anni '50 forse inizio '60 e mi ha chiesto di ricomprarne uno identico, se possibile, ho qui con me una foto.

Teo (Il titolare): Me la mostri.

Vale fa vedere la foto del cappello del nonno.

Teo: Si lo abbiamo in negozio!

V: Evviva! Mio nonno sarà felice! Lui ha sempre sostenuto che il cappello che comprò qui da voi, gli portò grande fortuna. Lo prese poco prima di traferirsi in Argentina, noi viviamo a Mendoza, e siamo produttori di vino, e la nostra azienda è molto conosciuta, abbiamo vinto anche numerosi premi. L'azienda venne fondata, proprio da mio nonno, la nostra famiglia deve tantissimo a lui.

Teo: Eccolo! Feltro di lapin, qualità pelouche. Anni'50. Cupola piena e libera per poter dare a mano la forma che si preferisce. Ala media e ripiegata per mantenere meglio la curvatura nel tempo. Guarnizione interna con "marocchino" in pelle e fodera stampata con motivi (pipe). Riporta sulla fodera oltre al marchio del produttore, PANIZZA, anche il nome di mio bisnonno, Fausto, e di mio nonno, Dante. Il colore blu copiativo del feltro è originale e poco visto. Oggi Feltri così ce li sogniamo.

V: Ma è stupendo!

C: Meraviglia!

V: Scatto una foto e la mando a mia mamma, così il nonno lo può vedere.

V: Non potete capire come sono contenta, ho sentito la storia del cappello non so quante volte, mio nonno me la raccontava sempre, ed ora sono davanti allo stesso modello, comprato nello stesso negozio, dopo più di cinquant'anni, tutto questo è meraviglioso! Ha una confezione da viaggio, ed anche una confezione regalo?

Teo: Certo! Le prepariamo una confezione da viaggio ed a parte le diamo una confezione regalo.

Vale per la contentezza bacia Antonello, anche lui è affascinato da questa storia.

Teo: Visto che siete i personaggi del libro di Lello, vi faccio un po' di sconto.

(Lello: Perdonatemi, non ho resistito, io sto' ridendo, spero anche tu che stai leggendo! Conosco Teo da anni, persona ironica, divertente, e di grande intelligenza. Teo è il titolare della cappelleria, ed il suo punto vendita, è considerato tra i negozi storici, più importanti della città di Milano).

Ritorniamo al racconto.

V: Grazie mille!

Valentina è contentissima ha comprato il regalo per il nonno, ed è un super regalo!

V: Claudia, perché tu ed Albe non venite da noi a Moltrasio, dormite su, e poi domani sera scendiamo a Milano per il concerto.

C: Si che bella idea, ma dobbiamo passare da casa per preparare un cambio, scrivo subito ad Albe.

Alberto risponde subito, ha detto ok. Io ed Albe ci vediamo per una pizza in zona Corso Como, perché non pranziamo insieme, passiamo da casa e poi andiamo su al lago.

V: Si perfetto. Intanto facciamo un giro qui, e vediamo se c'è qualcosa di interessante da comprare.

Intanto Daniel è in zona Corso Garibaldi, prima di salire in casa, passa dal supermercato per fare un po' di spesa, oggi preparerà per il pranzo, un riso integrale, con piselli e pomodorini.

Mercedes torna a casa.

M: Ciao Daniel, sono tornata.

D: Ciao mia regina!

M: Cosa stai preparando?

D: Oggi ti faccio assaggiare un piatto leggero, una sorpresa.

M: Sembra buono dal profumo, io mi riposo e poi vengo ad aiutarti.

D: Riposati non devi far nulla, penso a tutto io.

Il riso integrale ha una cottura lunga, circa 40 minuti.

Versa il riso in una ciotola per sciacquarlo in acqua corrente, quando l'acqua diventa chiara il riso è pronto per la cottura.

Ha preparato a parte un brodo vegetale, con sedano, pomodori, cipolla, carote e mezza patata, il brodo continua ad andare, ha aggiunto anche un po' olio extravergine, per dare una spinta in più al tutto.

Versa il riso in una pentola alta, c'è un filo d'olio sul fondo, fa tostare il riso per qualche minuto, lo sfuma con un vino bianco, ed inizia la cottura, aggiungendo il brodo via via. In casa c'è un buon profumo, nel frattempo ha messo in una ciotola i piselli che aggiungerà a metà cottura insieme al riso, mentre i pomodorini verranno uniti al piatto alla fine, a crudo. Questa ricetta è una sua invenzione, è semplice e buona, ed è più che sicuro che Mercedes la apprezzerà.

Squilla il telefono di Mercedes, è Valentina.

M: Pronto Vale!

V: Mercedes, non puoi capire, ho comprato il cappello al nonno è S T U P E N D O ho trovato lo stesso modello, identico! Il titolare della cappelleria è stato gentilissimo e ci ha fatto anche lo sconto! Ti mando la foto.

M: Questa notizia, è la notizia! Tuo nonno sarà contentissimo, sono anni che sento la storia del cappello, che ha portato grande fortuna alla vostra azienda, sono felice per te, e per la tua famiglia, lo sai Vale, che ti voglio bene.

V: Si lo so Mercedes, e te ne voglio anche io. Noi questa sera torniamo a Moltrasio con noi verranno anche Albe e Claudia, dormiranno su, e poi domani sera verremo tutti insieme al concerto.

M: Un 'ottima idea Vale, questo viaggio in Italia rimarrà nella storia.

V: Non ho dubbi!

D: Mercedes è quasi pronto!

M: Cosa mi hai preparato?

D: Secondo me ti piacerà. Siediti e tieni gli occhi chiusi.

M: Beh allora sentiamo, percepisco un ottimo profumo, mmm, sicuramente stai utilizzando un brodo, credo vegetale, poi il resto forse ho capito.

D: Ecco non guardare, prepara i piatti, serve a tavola, si sciacqua le mani e le mette sugli occhi di Mercedes, ora indovina, solo dai profumi.

M: Ok ci provo, riso di sicuro, l'aroma è inconfondibile, piselli e poi non saprei ....

D: Mercedes hai indovinato quasi tutto mancano solo i pomodorini ed avevi fatto en plein. Si può aggiungere del Grana, pepe, un filo d'olio, il condimento è soggettivo.

M: Aggiungo il Grana ed una spolverata di pepe. Assaggio e ti dico.

D: Occhio che scotta.

M: Buono Daniel, il riso è cucinato benissimo, è un piatto leggero e genuino. Io preferisco l'integrale, è buonissimo, anche la pasta integrale è ottima, la qualità Cappelli, poi l'adoro.

D: Mi fa piacere, la cultura della buona tavola, arriva dalla famiglia di mia madre, in casa si mangiava sempre italiano, raramente si assaggiavano altre cucine. Se vuoi possiamo provare un prosecco se ti va?

M: Perché no, un flute solo, però.

D: Certo! Eccolo cin cin.

M: Comunque tu sai cucinare, io non mi accontento facilmente, tu sei al di sopra della media, poi sei Canadese, neanche Italiano, quindi tantissimo al di sopra della media.

D: Si vero, alle cene in Canada alla fine cucinavo sempre io, se non c'era qualche italiano o italiana.

M: Oggi me la prendo comoda, resto a casa, rivedo tutti i materiali per il concerto di domani, e poi se sono a posto, usciamo per una passeggiata dopo cena, ma ti dirò al momento.

D: Mercedes io sono a tua disposizione e non ci sono problemi, se sono con te, io sono contento non importa cosa faremo mia Regina.

M: Avvicinati… si baciano, fanno l'amore.

Il pomeriggio trascorre tra qualche telefonata, e numerose email. Mercedes sente i suoi in Argentina, il suo agente, un suo amico di Mar del Plata che sarà in prima fila al concerto. Contenta ma anche preoccupata, domani sarà la prima di questo show, completamente progettato e pensato da lei.

Daniel si rifugia nella lettura, prende degli appunti nel suo Taccuino Rosso, custode di segreti, pensieri, e chissà di cos'altro. Scrive qualcosa sui viaggi, sulla letteratura, temi ricorrenti nei suoi pensieri.

"Viaggiare porta a confrontarsi con culture, lingue, costumi e persone molto lontane dalle nostre. Si incontrano popoli che seguono obiettivi di vita diversi, molto distanti dalla nostra cultura. In questi momenti di confronto con le diversità, il proprio io emerge con maggiore chiarezza.

Anche la letteratura è, in fin dei conti, un viaggio. Il lettore si lascia trasportare dalle storie e dalle vicende del racconto. La letteratura si basa sulla finzione, creando un mondo che non esiste, fatto di personaggi inventati; eppure questa forma d'arte arricchisce e apre varchi di verità, donando grande libertà di immaginazione. Trasmette esperienze, consentendo al lettore di vivere avventure altrui e di sentirsi come un condottiero dell'antica Roma, uno scienziato, o persino una rockstar."

D: Mercedes io scendo a prendere un caffè, vuoi venire? Cosi stacchi un po'?

M: No preferisco stare a casa, immagazzinare energie per domani, sono agitata, ma ho controllato tutto, sembra tutto in ordine.

D: Vedrai il tuo spettacolo sarà come lo hai immaginato, e come lo hai progettato.

M: Sono solo preoccupata per le sincronizzazioni con il film, vedremo.

D: Le hai provate tantissimo, le conosci a memoria, spaccherai alla grande.

Si sente un tuono! In arrivo un temporale, le previsioni non davano pioggia.

Mercedes controlla il meteo per domani, sereno o poco nuvoloso sarebbe un disastro se piovesse.

D: Io vado, porto un ombrello anche se il bar è qui sotto.

M: Ok a dopo.

Valentina insieme ad Antonello e Claudia in auto vanno a prendere Alberto che li aspetta a casa. Claudia deve preparare una borsa con un cambio e soprattutto l'abito che indosserà al concerto.

Alberto a casa ha preparto già tutto, cambio ed abito per l'evento, anche lui è entusiasta del concerto di domani, è anche curioso di questa serata sul lago di Como.

Arrivati sotto casa di Albe, non c'è parcheggio da nessuna parte.

C: Vale vuoi salire, se devi usare la toilette?

V: No sono a posto, vi aspettiamo in auto.

V: Ok farò in poco tempo.

Claudia sale in appartamento.

C: Albe sono qui preparo una borsa con i cambi ed andiamo, ci aspettano giù non abbiamo trovato parcheggio.

A: Come al solito qui è impossibile, io sono pronto aspetto te, le dà un bacio, oggi sei bellissima.... Se avessimo un po' di tempo.

C: Ma smettila (ride).

Claudia prepara il tutto velocemente.

C: Ok ho tutto, hai tu il carica batterie?

A: Si l'ho preso io.

C: Ok, allora andiamo.

Scendono ma non trovano Antonello si è sicuramente spostato perché in una posizione infelice con l'auto.

Claudia chiama Vale dove siete?

V: Nella traversa di fianco, ci siamo appoggiati su di un passo carraio.

C: Ok vi vedo, arriviamo. Eccoci.

A: Qui parcheggiare è un incubo, solo ad agosto trovi posto. Come state, grazie per l'invito!

Antonello: Ma figurati la casa è lì, comoda vi piacerà!

A: Non abbiamo dubbi.

Antonello: Devo inserire il navigatore da questa zona per arrivare in autostrada.... Destinazione inserita. Ok ho capito, speriamo di non trovare troppo traffico.

Alberto, Claudia, Valentina ed Antonello, si dirigono verso Moltrasio.

Daniel nel frattempo è rientrato dalla pausa caffè guarda un Tg, e si riposa. Mercedes è ancora intenta a lavorare. La serata termina con una cena leggera, insalata e formaggi. Mercedes e Daniel vanno a letto, domani il grande giorno.

Come sempre Daniel si sveglia prima di Mercedes, questa mattina le preparerà una colazione leggermente diversa. Ci sarà il succo d'arancia, il pane tostato con marmellata ma ha comprato dei mirtilli e yogurt bianco senza zucchero.

Nel frattempo mette sulla piastra la moka.

Prepara la tavola, ieri ha comprato dei fiori, li aveva lasciati sul balcone li mette in vaso, li pone al centro della tavola, Mercedes sarà felice di vedere una tavola così. Daniel crede, che le giornate debbano iniziare sempre nel migliore dei modi, è la colazione è l'inizio della giornata.

La moka sbuffa, il caffè è pronto, sicuramente Mercedes tra un po' si sveglia.

M: Danielito… dove sei?

D: Eccomi mia Regina.

M: Vieni un po' qui con me, retiamo ancora un po' a letto.

D: Certo! Oggi tu non farai nulla, penserò a tutto io.

M: Oggi conoscerai il mio agente Samuel, dovrebbe arrivare in mattinata, lavoro con lui da diversi anni.

D: Bene.

Mercedes si alza va in bagno.

M: Prepari un buon caffè con un po' di latte?

D: Si vieni a tavola, te lo servo al momento.

M: Ma questa mattina ti sei superato! La tavola con i fiori è super! Mercedes bacia Daniel. Daniel io mi sto perdendo ogni giorno di più con te, quando mi sei accanto, sono felice.

D: Mercedes con te ho ritrovato una mia serenità, e poi mi sento bene, sono contento, mi dai una gioia che avevo dimenticato. Daniel la abbraccia e la bacia, si stringono forte.

La colazione prosegue, tutto molto buono, apprezzato lo yogurt con i mirtilli.

Mercedes si prepara per uscire, oggi giornata piena: alle 11.30 incontra insieme al suo manager gli organizzatori, alle 13:00 ci sarà il sound check, il concerto è previsto alle ore 21:00 è sold out da mesi.

Mercedes mostra il Tailleur pantalone che indosserà questa stasera, è di Giorgio Armani, è stupendo, camicetta bianca in misto seta, sempre di Armani.

D: Sarai uno schianto Mercedes!

M: Guarda questo tailleur, è il mio portafortuna. L'ho indossato al concerto a New York, un momento cruciale per la mia carriera.

Ma questo show, è il mio show! L'ho costruito pezzo dopo pezzo, ho scritto e riscritto le sequenze musicali più volte per arrivare al risultato di questa sera. Anni di lavoro, appunti e intuizioni. Ora condividerò queste emozioni con te, Daniel.

M: Era scritto nelle stelle per me (ride): io di Mar del Plata, tu di Kleinburg, un posto che non avevo mai sentito nominare, e ora ci troviamo qui, in Italia, una nazione dai mille borghi e dalla storia infinita. Se questa non è magia, davvero non riesco a trovare un termine migliore per descriverla.

Daniel guarda Mercedes negli occhi si sta commuovendo gli scappa una lacrima, le parole di Mercedes lo hanno toccato.

D: Mercedes sei fantastica e la riempie di baci.

Mercedes: Dai Daniel, devo prepararmi,

D: C'è tempo.

M: Si, e si lascia andare anche lei....

Ben E. King Supernatural Thing pt1

Mercedes saluta Daniel, prende un taxi. Controlla il telefono, Samuel è già arrivato se non ci saranno intoppi con il traffico arriverà puntuale. Arriva a destinazione è in anticipo, chiama Samuel.

M: Samuel dove sei?

Samuel: In sala riunioni tu?

M: Sono appena arrivata sono all'ingresso.

Samuel: Scendo giù vengo a prenderti.

M: Grazie ti aspetto.

Samuel prende l'ascensore e si dirige all'ingresso. Vede Mercedes, è bellissima.

S: Mercedes l'Italia ti fa bene, sei radiosa!

M: Ma cosa dici Samuel! Come stai, mi sei mancato e Miguel come sta?

S: Bene, siamo stati in vacanza in Florida, avevamo bisogno di un break eravamo troppo stressati. Lui ci raggiugerà al concerto di Parigi, sai sarà una tappa romantica per noi due. Ma tu cosa mi devi raccontare!?

M: Dopo ti dico, c'è una persona, Samuel mi piace tantissimo, ma questo più tardi, andiamo al meeting, hai tutto?

S: Si, contratti, liberatorie, ho ricontrollato più volte.

M: Bene andiamo.

Mercedes e Samuel incontrano gli organizzatori. Il meeting dura più del previsto, all'incontro anche il fonico della serata, il direttore delle luci, e il responsabile video.

Finito l'incontro una breve pausa e Mercedes va sul palco per il soundcheck. Il posto è stupendo, sono a City Life un nuovo quartiere di Milano.

Inizia il sound check Mercedes inizia a suonare il pianoforte il suono è buono ma il ritorno sul palco le dà fastidio chiede di abbassare il monitor centrale è troppo alto. Sul palco c'è un assistente in appoggio al fonico del Master. Mercedes riprova, ora sembra vada meglio, ma è ancora alto fa cenno di scendere ancora un po', abbassano il monitor, ora è perfetto. Provano anche le sincronizzazioni con il video, sembra tutto funzionare perfettamente.

M: Sembra tutto ok! Grazie è stato veloce, il suono è perfetto grazie a tutti!

Soundcheck finito.

Ora a pranzo con Samuel.

Arrivano ad un ristorante nei pressi della zona del concerto. Si siedono fuori.

Samuel: Allora raccontami!

M: Samuel lui si chiama Daniel è canadese, ma ha origini italiane e l'ho conosciuto a Firenze.

Samuel: Ti piace ?

M: Tantissimo, ti anticipo che verrà con me a Parigi.

S: Ok! Tu sei felice come una pasqua, accetti tutte le mie proposte di lavoro, ma viva Daniel! Cara mia.

Il pranzo consiste in un'insalata per Mercedes, ed una caprese, più bruschette per Samuel.

M: Allora ci vediamo più tardi, sembra tutto a posto, gli ospiti hanno i posti numerati, mi raccomando Samuel, ci sarà anche il console Argentino, un occhio di riguardo anche allo staff del consolato, sono stati gentilissimi con me.

S: Ho controllato due volte, è tutto a posto, l'organizzazione mi ha assicurato che per gli ospiti di riguardo, non ci saranno problemi, hanno la lista con i nomi e tutto.

M: Torno all'appartamento, mi riposo, preparo la borsa con i vestiti ed il resto, a che ora verrà l'auto a prendermi? Vedo dal memorandum alle 19:30, speriamo vada tutto come previsto.

S: Mercedes tu devi solo incantare la platea con il tuo pianoforte, tutto il resto non conta.

M: Prendo un taxi, a dopo Samuel, se senti Miguel, salutamelo.

S: Miguel vorrà farti l'imbocca al lupo prima del concerto, me lo ha scritto, ci tiene moltissimo, ed anche Fuffy (è il loro cagnolino) vuole salutarti.

M: Certo! Poi ci sarà anche Fuffy.

Mercedes torna a casa, Daniel è in giro, non c'è, è agitata, si prepara una tisana.

Il pomeriggio passa in fretta, Mercedes si è addormentata, nel frattempo Daniel è tornato in appartamento, questa mattina è andato al museo del Novecento in Piazza Duomo, museo molto interessante alcune delle opere esposte, erano bellissime!

Mercedes si sveglia, Daniel sei qui?

D: Si Mercedes eccomi.

M: Fammi compagnia, tra un po' dovrò prepararmi, il taxi arriva alle 19:30

D: Ti preparo un caffè?

M: Un Nespresso grazie.

Daniel va in cucina, anche lui è teso ma non vuole assolutamente darlo a vedere, Mercedes deve essere più tranquilla possibile.

D: Eccolo mia Regina, (lo porta in bagno).

M: Grazie.

Squilla il cellulare di Daniel è Vale.

D: Pronto! Ciao Vale!

V: Daniel a che ora ci vediamo per il concerto?

D: Verso le otto?

V: Noi saremo in zona anche prima ci aggiorniamo a dopo.

D: Ok a più tardi.

Tutto è stato meticolosamente preparato, Mercedes è pronta per andare sono le quasi le 19:30 puntualissimo l'autista citofona, l'auto è giù in Corso Garibaldi.

Daniel accompagna Mercedes le porta la borsa con i vestiti, l'autista ripone i bagagli nel baule.

Mercedes saluta Daniel, lui la bacia.

D: Andrà tutto a meraviglia.

M: Lo spero!

Il viaggio per City Life è breve, l'autista conosce un ingresso di servizio, dove lo staff attende Mercedes, Samuel è già li.

Un addetto prende i bagagli di Mercedes.

Samuel: Ti faccio vedere il camerino, fa cenno all'addetto di seguirli per i bagagli.

M: Si certo.

Molte persone salutano Mercedes, scatta un applauso.

M: Grazie.

Samuel: Ho controllato tutto nuovamente; con il fonico audio, con il regista delle luci, e con il regista video, è tutto a posto. Vai su, e stendili, lo spettacolo lo conosco a memoria e sarò in regia se dovesse esserci qualche intoppo. Il log della serata c'è, ho stampato anche una versione cartacea.

M: Samuel tu sei il numero uno, con te è facile lavorare!

In camerino, acqua, succo d'arancia, frutta e come richiesto da Mercedes, crackers integrali.

Mercedes si cambia, entra Samuel in camerino.

S: Mercedes sei uno splendore!

Dal corridoio: 10 Minuti!

La tensione sale, fuori c'è il sold out.

5 Minuti.

Samuel è con lei, arriva il coordinatore del palco, è il momento, andiamo.

Mercedes si appresta a salire sul palco, eccola! Un lungo applauso accoglie Mercedes.

Mercedes ringrazia ed inizia il concerto!

<u>Mercedes Sousa e La Dolce Vita</u> (sullo schermo)

IL TACCUINO ROSSO

L'esibizione si apre con un'introduzione musicale, in cui le note del pianoforte di Mercedes si fondono con delicatezza nel film, unendosi armoniosamente con l'opera di Fellini. Nonostante la presenza della performance di Mercedes in sottofondo, i dialoghi del film sono chiari e, grazie alle note del pianoforte, il loro significato si rafforza, assumendo una nuova prospettiva. Il pubblico è colto di sorpresa da uno spettacolo così singolare. Mercedes è riuscita a sincronizzare i suoi ritmi in modo impeccabile con il film del regista di Rimini, dando vita a un'opera in perfetta armonia. Questa sinergia si traduce in una pura magia scenica. L'intera platea è incantata non solo dall'immagine, ma soprattutto dall'aspetto sonoro. Una fusione di melodie e dialoghi de "La Dolce Vita" crea un remix impeccabile di un capolavoro del cinema italiano.

Questo colpisce lo spettatore, generando un senso di sorpresa. Nelle parti in cui la colonna sonora è presente, Mercedes si unisce all'opera con le sue note, eseguite con precisione e perfetto tempismo, mai fuori contesto. Questa bellezza è il frutto di un meticoloso lavoro da parte di Mercedes, durato anni.

La voce squillante di Mastroianni è messa in risalto da Mercedes attraverso i suoi re, do, fa, sol, e gran parte dello spettacolo ruota attorno a questo approccio. L'esibizione di Mercedes giunge alla sua conclusione nella scena finale del film, con una composizione che fonde elementi classici e moderni, evocando un'atmosfera a metà strada tra Ryuichi Sakamoto e Bill Evans.

Il pubblico non si aspettava uno spettacolo di tale portata; Mercedes è riuscita a costruire il suo show, pensato da anni, caratterizzato da un ritmo proprio e da una profonda sensibilità. Questa perfetta fusione con uno dei capolavori del Cinema Italiano ha funzionato alla perfezione. Il pubblico reagisce con una standing ovation prolungata; al centro del palco, Mercedes rimane immobile, travolta dall'inaspettato affetto, visibilmente commossa. Gli applausi che riceve sono ampiamente meritati.

Daniel, Vale, Claudia, hanno lacrime di gioia, si abbracciano, anche Alberto ed Antonello sono commossi, Mercedes è stata stellare, questo spettacolo sarà un successo mondiale, è bellissimo!

Samuel è anche lui sorpreso dalla bellezza della performance e dall'atmosfera che si crea con il pubblico. Conosce a memoria tutti i passaggi dello show, ma non lo aveva mai visto integralmente ma solo a pezzi. Immagina che a Parigi dopo la prima di questa sera, ci sarà la ressa per i biglietti.

Mercedes segue l'assistente del palco e si reca in camerino, la raggiungono Vale e Daniel gli altri non possono entrare in quell'area, gli accessi sono limitati.

Tantissime persone si sono già accalcate nei pressi dell'uscita, per le foto, gli autografi, la sicurezza non si aspettava tanta gente e fanno fatica a gestire.

V: Mercedes sei stata bravissima si abbracciano, Valentina piange, parla in spagnolo, sapevo che eri brava ma ora sei diventata una Star!

M: Grazie Vale! Ti voglio bene.

Daniel si avvicina, l'abbraccia e le dà un bacio, lei è raggiante, felice, commossa. Daniel ha con se un mazzo di fiori, questi sono per te mia Regina.

M: Grazie Daniel! Ho atteso questo momento da tantissimo, per me si corona un sogno, il mio spettacolo! In scena le mie passioni, la musica ed il cinema, sono molto fortunata.

Squilla il suo telefono è sua mamma, insieme a lei, suo padre.

M: Ciao Mamma, ciao Papà che sorpresa! Bello vedervi!

Mamma: Samuel ci ha telefonato e ci ha raccontato del tuo spettacolo, ci ha anche detto che hai ricevuto una standing ovation, Mercedes tu sei sempre stata il talento della famiglia e lo sarai sempre, siamo orgogliosi di te e ti vogliamo bene.

Papà: Mercedes, ricordo quando ti comprammo il primo pianoforte lo suonasti per 10 ore di seguito io e la mamma non riuscivamo a farti smettere, beh se quello non era un chiaro segnale…. Dai, ora ti lasciamo, ti vogliamo bene, e ci sentiamo domani con più calma. Saluta tutti.

M: Graziee mamma! Grazie papà vi voglio bene.

Samuel: Mercedes c'è tantissima gente fuori che ti aspetta, quando sei pronta ad uscire avverto la sicurezza.

M: Ok dammi una decina di minuti mi cambio e vengo fuori.

Tutti escono dal camerino, tranne Daniel.

M: Allora cosa ti è piaciuto di più?

D: Il finale è stato strepitoso, la costruzione del tuo spettacolo è impeccabile, Mercedes tu sei un talento!

M: Sapevo che questo concept di show era forte, ma non credevo così, non ho mai ricevuto tanti applausi

D: La gente commentava: bellissimo, erano anni che non mi emozionavo cosi, stupenda interpretazione, lo vedrei altre cento volte, erano questi i commenti del pubblico a fine concerto.

Mercedes si cambia.

D: Poi stasera festeggiamo noi due a casa, ho un paio di sorprese per te.

M: Ma dai allora andiamo subito!

D: No andiamo a cena, abbiamo prenotato siamo, io te, Samuel, Vale, Antonello, Claudia ed Albe poi non so se c'è qualcuno dell'organizzazione.

Mercedes è pronta, avverte Samuel, arriverà con due addetti alla sicurezza, fuori tantissime persone.

Mercedes raggiunge uno spazio per l'incontro con il pubblico e dove l'organizzazione ha transennato il perimetro, per contenere la folla.

M: Grazie per la vostra energia, ho percepito una forza invisibile che arrivava dalla platea, i vostri applausi mi hanno toccato molto. Grazie Milano!

Dal pubblico: Una foto, facciamo una foto, un autografo …

Mercedes insieme agli addetti della sicurezza incontra i fan tra foto, ed autografi, ed altro, la serata è stancante.

Mercedes ringrazia ed entra in macchina con Daniel e Samuel.

Vale con gli altri sono già partiti per il ristorante.

Claudia: Io sono senza parole, Mercedes è da urlo, è bravissima ma nel vero senso della parola.

A: Mi aspettavo un bel concerto, non un capolavoro.

Antonello: Quando si esibì al KiloWatt mi resi conto che Mercedes è di un'altra categoria, ho visto molti concerti, ma questo di questa sera, è nella mia top list, ed è tra i primi cinque.

V: Oh! Lei è la mia amica! E' la più bravaaa di tuttiiii!!!

Ridono! Nel frattempo sono arrivati al ristorante, trovano subito parcheggio. Attendono fuori.

Arriva Mercedes, con Samuel e Daniel.

M: Eccociiii, ora è il momento di festeggiare!

V: Siii ed inziano a ballare anche Claudia si unisce al ballo.

Antonello: La serata inizia ora (ride)!

Samuel: Si e sarà molto lunga!

Entrano al ristorante tavolo riservato in una saletta privata.

Mercedes a capotavola è lei la star della serata!

Samuel è al telefono con Miguel, Miguel vuole assolutamente salutare Mercedes.

S: Un minuto Miguel appena ci sistemiamo te la passo porta pazienza, caroooo. Eccola, Mercedes ti vogliono salutare Miguel e Fuffy.

M: Ma che bello vedervi, ciao Miguel! Dov'è Fuffy?

Miguel: Eccolo è sempre più biricchino, non mi ascolta mai, per fortuna c'è Samuel, lui mi ascolta eccome. Mi è giunta voce che sei stata divina al concerto, ma tu sei nata per essere una diva, cara Mercedes, io l'ho sempre sostenuto!

M: Miguel grazie, cade la linea.

S: Provo a richiamare, nella saletta c'è poco campo.

Nel frattempo tutti si accomodano al tavolo.

Arriva il cameriere: Cosa posso portarvi da bere?

Samuel: Acqua sicuramente gasata e non, poi gentilmente la carta dei vini ed i menù grazie.

Samuel: Vale per favore scegli un prosecco e poi dopo decidiamo per i vini.

Arrivano i menù.

M: Io prendo gli spaghetti alle vongole.

D: Idem.

V: Siete proprio in simbiosi vuoi due (ridono).

D. Siiii.

V: Chiama il cameriere.

Cameriere: Mi dica.

V: Prendiamo un prosecco Docg Millesimato, questa cantina grazie (la indica sul menu) due bottiglie grazie.

Cameriere: Certo arrivano subito, eccellente scelta!

D: Lei è un'enologa e la sua famiglia produce uno dei migliori Malbec del sud America.

Cameriere: Ah ecco, anche noi abbiamo il Malbec.

D: Molto probabilmente, se di altissima qualità, è il suo.

V: Lo porti a tavola e le dico.

Il cameriere parla con il sommelier e spiega la situazione.

Il Sommelier arriva al tavolo con una bottiglia di Malbec.

Sommelier: Ecco il Malbec, che abbiamo in cantina.

V: Non è il nostro, ma è tra quelli buoni. Grazie.

M: Io ho fame ordiniamo?

D: Hai qualche idea?

M: Perché non prendiamo l'antipasto della casa per tutti e poi ognuno sceglie dal menù.

Tutti: Si ok.

Cameriere: Un antipasto della casa per tutti, ok e per i primi?

M: Spaghetti alle vongole.

D: Anch'io.

S: Anch'io.

Praticamente tutti!

Cameriere: Spaghetti alle vongole per tutti ok!

M: Come contorno un'insalata mista.

D: Anch'io.

S: Le verdure grigliate.

C: Insalata mista.

A: Insalata mista.

V: Verdure grigliate.

Antonello: Insalata.

Cameriere: Ok grazie! Se avete bisogno chiamatemi.

Samuel: Certo grazie!

Arriva il prosecco, Vale lo assaggia, dà l'ok!

Samuel: Propongo un brindisi per Mercedes questa sera ho visto sul palco una grandissima artista, questo spettacolo conferma in toto la tua grandezza, ad maiora mercedes!

Tutti: Cin cin!

M: Grazieeee!!

Daniel si alza in piedi, Mercedes ho un regalo per te!

Mercedes lo guarda stupita ed incuriosita.

D: Ho impiegato più giorni, per capire quale fosse il regalo giusto. Dovevo prendere qualcosa per te! Questa è la mia scelta. Le consegna il pacchettino.

Tutto al tavolo osservano con grande curiosità la scena.

M: Grazie Daniel!

Mercedes inizia a scartare il pacchettino, dalla piccola confezione quadrata si intravede del colore giallo potrebbe essere un anello, o degli orecchini. Mercedes toglie tutta la carta e sulla confezione c'è il nome di Ennio Morricone.

M: Cos'è? Apre la confezione, è una moneta celebrativa da 5 euro coniata dalla Zecca dello Stato per Ennio Morricone….. Daniel tu sei una persona incredibile, è un regalo che porterò sempre con me nel cuore, non potevi scegliere di meglio. Mercedes è commossa abbraccia Daniel, lo bacia.

Valentina si commuove, idem Samuel. Tutti applaudono, grande Daniel!

Mercedes mostra la moneta a tutti è un regalo stupendo, Daniel guadagna punti con tutti.

Samuel lo osserva con più attenzione, ha colto le qualità del ragazzo di Kleinburg, e pensa, Mercedes è con la persona giusta.

La cena prosegue tra risate, bottiglie di prosecco e di Falanghina, sono tutti un po' brilli, tranne Antonello lui ha bevuto pochissimo ed è l'unico che dovrà guidare per rientrare a casa.

Ad un certo punto Samuel fa un cenno al cameriere. Arriva il cameriere con una torta.

M: Beh, perché la torta?

Samuel: Per festeggiare la prima mondiale del tuo meraviglioso spettacolo.

M: Samuel tu mi stupisci sempre, come farei senza di te.

Sulla torta un pianoforte e delle note musicali.

V: Facciamo un brindisi! A Mercedes che questa prima del tuo spettacolo, sia la prima di una lunghissima serie, a te amica mia! Cin Cin.

La cena termina nei migliori dei modi anche la torta era squisita.

Mercedes saluta tutti, ci aggiorniamo a domani, si è fatto tardi.

Claudia ed Albe prenderanno un taxi ma decidono di fare due passi.

Vale ed Antonello torneranno in auto a Moltrasio.

Mercedes, Samuel e Daniel in auto privata, casa ed hotel.

Buonanotte, tutti si salutano e si abbracciano.

Mercedes e Daniel arrivano in appartamento, Daniel ha riposto in frigo una bottiglia di Champagne per festeggiare con Mercedes.

Mercedes stanca si allunga sul divano la giornata è stata intensa ed importante. Daniel si avvicina con lo Champagne e due bicchieri.

D: Questa è la nostra festa. Torna in cucina prepara qualcosa.... Porta anche delle fragole.

M: Daniel sei una persona speciale, con te mi sento importante, il tuo regalo tra i più belli mai ricevuti. Le tue attenzioni, i tuoi pensieri nei miei confronti, mi regalano gioia.

Si baciano.

Daniel stappa lo Champagne, lo versa nei flute, offre una fragola a Mercedes, ne prende anche lui una.

D: Le fragole esaltano il gusto dello Champagne.

M: Si e tu esalti la mia vita Daniel! Cin cin. Buonissimo!

D: Si ottimo!

La serata prosegue con una lunga notte d'amore.

Daniel si sveglia per andare in bagno e nota il suo telefono acceso, controlla c'è un messaggio di Greta appena puoi chiamami anche se qui in Canada è notte. Non è successo nulla ma ti devo parlare. Daniel pensa, la chiamo quando mi alzo più tardi e torna a dormire.

Sono quasi le undici e trenta, è tardi, Daniel si alza, Mercedes dorme ancora. Ieri hanno bevuto un bel po', Daniel è leggermente intontito, anche perché si sono addormentati tardissimo. Va in doccia.

Mercedes si sveglia, ma resta a letto, controlla il telefono ha ricevuto tantissimi messaggi, da uno sguardo anche alle email. Trova alcune recensioni sul web, del concerto di ieri sera, sono tutte positive, lo spettacolo è piaciuto anche alla critica, tranne forse in un articolo dove il giornalista, pone dei quesiti sullo spettacolo ed alla scelta del film di Fellini…. Ma niente di che.

Arriva una telefonata è Samuel.

Samuel ti ho vista on line e ti ho chiamato. Buongiorno Mercedes? Tutto bene stellaaa come è andata la notte ehh?

M: Smettila Samuel (ridendo).

S: Allora, ho la casella della posta, piena di richieste di concerti, dobbiamo decidere come organizzare il tutto, facciamo così, domani mattina ci vediamo da me in hotel, e decidiamo, va bene mia cara?

M: Samuel, tu mi metti sempre allegria, va bene, a domani mattina, ti voglio bene.

Daniel esce dalla doccia si asciuga, va in camera per vestirsi.

M: Buongiorno amore! Che buon profumo, hai cambiato bagnoschiuma?

D: Buongiorno mia regina, si ne ho preso uno nuovo per provarlo, è ottimo, poi se piace a te ancora di più (ride). Mi ha scritto Greta, mi ha chiesto di chiamarla mah!? Strana questa cosa, tra un'ora le do un trillo.

M: Ma è successo qualcosa?

D: No non è successo nulla, mi deve dire qualcosa, non so.

D: Preparo un caffè.

M: Si ti prego Danielitooo.

Daniel armeggia in cucina prepara una spremuta, chiede a Mercedes se vuole una colazione ricca, risponde di no.

D: Eccolo, caffè pronto mia regina.

M: Grazie! Come al solito, il tuo caffè resuscita i morti!

D: (Ride) Questa mattina doveva essere top, la serata di ieri è stata impegnativa.

M: Si io mi sono divertita, la tua compagnia e quella degli altri per me è stato un regalo aggiuntivo. Poi ci sei tu. Vado a prepararmi, oggi giornata free, faremo quello che vogliamo senza programmi, va bene per te?

D: Certo Mercedes!

Mercedes è in bagno Daniel sorseggia il succo d'arancia prende il telefono chiama Greta sono quasi le 13:00 le sette in Canada. Chiama con facetime.

G: Buongiorno Daniel!

D: Sei già sveglia?

G: Veramente abbiamo trascorso una notte un po' agitata

D: Cosa è successo? Tutto ok Mamma e Papà?

G: Si si è una buonissima notizia.

D: Allora dimmela mi stai tenendo sulle spineee.

G: Sei seduto?

D: Si sono seduto!

G: Questa mattina hanno confermato tutto, Michelle è VIVA!

D: (Daniel resta in silenzio, gli scende una lacrima)….. Michelle è VIVA? Com'è possibile!?

G: Ieri sua mamma ha ricevuto un'email dal suo indirizzo di posta, pensava fosse uno scherzo di cattivo gusto, ma poi Michelle dopo un paio d'ore ha telefonato a suo padre, ed era lei.

D: Questa è la notizia più bella del mondo!

G: Ora la famiglia con le autorità sono all'opera per farla rientrare in Canada, hanno avvertito il consolato di zona ed organizzeranno tutto.

D: Prendo il primo aereo e parto per il Canada.

G: Io sapevo che Michelle fosse viva, lo sentivo, l'avevo sognata recentemente.

D: Si sono strafelice, prenoto il volo e ti richiamo.

Daniel si mette all'opera per trovare un volo per Toronto, ne trova un diretto con partenza da Milano domani mattina. Lo prende, prenota il posto aggiunge i bagagli, il pagamento è andato a buon fine. Riceve l'email di conferma del biglietto la inoltra a Greta. Ora il compito più difficile parlare con Mercedes e dirle che lui domani partirà per il Canada.

Mercedes esce dal bagno ha sentito parte della conversazione, ma non ha capito veramente tutto.

Arriva in cucina e trova Daniel con una faccia, non capisce se è contento o dispiaciuto.

M: Allora cosa succede?

D: Michelle è viva, e domani torno in Canada Mercedes, non puoi capire come sono combattuto. Con te sarei andato in cima al mondo, ma devo tornare, devo rivedere Michelle. (Daniel piange). Con te mi sono sentito rinato, mi hai fatto nuovamente capire quanto è importante l'amore, e quanto sia bello stare con una persona, spero che tu possa comprendere la mia posizione. Ti chiedo scusa Mercedes.

M☹ Mercedes resta immobile, sta per piangere, si allontana va in camera da letto.

Daniel la segue.

D: Ti prego Mercedes non fare così.

Mercedes piange a dirotto, e Daniel non riesce a consolarla la abbraccia, le dice delle parole di conforto.

M: Piangendo, non sono mai stata tanto felice come in questi giorni, tu mi hai fatto sentire veramente una regina. Con te, io sono me stessa, ed in tutta la mia vita, non mi era mai capitato.

Poi la nostra intesa intellettuale, quella dell'amore, le tue continue attenzioni, Daniel io mi sono INNAMORATA di te!

D: Mercedes anch'io mi sono innamorato, tu sei tra le persone più straordinarie che abbia mai incontrato. Quello che c'è stato tra di noi non potrà togliercelo mai nessuno, ma in questa situazione devo tornare in Canada, devo farlo.

M: Mi prometti però se le cose con lei per qualche motivo non dovessero andare, noi torniamo insieme.

D: Lo farei anche tra cento anni Mercedes, io con te ho visto il mio futuro e questa cosa non la dimentico.

M: (Mercedes continua a piangere) Sono stati giorni bellissimi, ma sono anche contenta che Michelle sia viva, mi dispiace per noi due, ma sono felice per te. Se lei è sempre stata nel tuo cuore, vuol dire che ti merita e che merita una bella vita, una nuova vita. Mi dispiace per noi ma il destino ha voluto così.

D: (Piange anche lui) Mercedes io non ti dimenticherò mai, tu hai un pezzo del mio cuore.

Mercedes si alza, va in camera apre l'armadio prende la sua sciarpa preferita, questo è il mio regalo per te, almeno quando la indosserai o la vedrai nell'armadio penserai a me, a noi.

D: Grazie, ma questa è la sciarpa alla quale ci tenevi tantissimo.

M: Si, ma voglio che sia tua.

D: Daniel la bacia, si abbracciano forte.

M: Facciamo così io più tardi prendo un treno e vado a Moltrasio da Vale, tu resti in appartamento non posso vederti partire Daniel, non ce la faccio, voglio distrarmi e stare con la mia amica.

D: Non vogliamo stare ancora insieme questa notte?

M: No, non è il caso!

D: Ok.

Daniel inizia a preparare la sua roba, Mercedes si è chiusa in camera è al telefono con Valentina.

Mercedes esce dalla stanza.

M: Vale viene a prendermi con Antonello, questa notte dormirò da loro.

D: Se vuoi vado in albergo Mercedes.

M: No non serve, domani poi lascio l'appartamento, mi fermo da Vale ed Antonello.

D: Ok sono più tranquillo se sei insieme a Valentina.

Dopo circa un'ora e mezza suona il citofono è Vale scendi Mercedes?

M: Si scendo.

Vale sale in appartamento vuole parlare con Daniel.

V: Daniel lo sai che hai spezzato il cuore a Mercedes?

D: Vale lo so, ma non posso ignorare che Michelle sia viva.

V: Non avevo mai visto Mercedes così contenta, ma la situazione è complicata e tu devi prendere delle decisioni, e spero che tu prenda quella giusta. Mi dispiace per questo casino, ma sei stato un ottimo compagno per la mia amica. Daniel buona fortuna, non avrei mai pensato ad una situazione come questa.

D: (Daniel in lacrime) Ciao Vale Mi dispiace!

V: Adios!

La giornata passa velocemente per Daniel. Per Mercedes è tutto molto più complicato, in auto ha pianto per tutto il tragitto, fino al lago. Valentina non è riuscita a consolarla in nessun modo.

Daniel tristissimo da un lato, ma speranzoso da un altro, richiama Greta.

D: Greta hai altre notizie?

G: Si ho sentito la mamma di Michelle un incaricato del consolato insieme ad altri due assistenti sono in viaggio per prelevare Michelle.

D: Ma dov'è esattamente?

G: Non lo so, in un villaggio nella giungla, l'importante che sia stata individuata.

D: Questa notizia mi rallegra il cuore. Hai ricevuto l'email con le informazioni del mio volo?

G: Si, verrà Papà a prenderti in aeroporto.

D: Ottimo ho preparato i bagagli è tutto pronto, ora voglio tornare. Se ci dovessero essere delle novità chiamami, anche nel cuore della notte.

G: Si certo, ci vediamo domani fratello.

D: Ciao sorellina a domani.

Daniel mangia le cose che ci sono in frigo, del formaggio, un'insalata dei pomodorini, e va a dormire. Trascorre una notte agitata si è svegliato più volte.

Suona la sveglia sono le sette, prepara un caffè e va in doccia ha prenotato un taxi per le 07:30 il suo volo è alle 11:15. Ha scritto una lettera per Mercedes, la lascia in cucina. Un ultimo sguardo all'appartamento, chiude la porta e scende in strada, il taxi è davanti al portone.

Taxista: Dove la porto?

D: Malpensa grazie.

Daniel controlla il telefono se ci sono email, messaggi, tutto tace, Greta non ha scritto più nulla.

Dopo un'ora di taxi arriva in aeroporto, il taxi lo lascia alla porta d'ingresso della compagnia. C'è poca gente, controlla sui monitor il banco del check-in.

Al check-in c'è una lunga coda, con pazienza aspetta, nota tantissimi canadesi che rientrano dalle vacanze, scambia due chiacchiere con alcune persone in fila.

Arriva il suo turno, controllo passaporto, biglietto e consegna bagaglio, tutto molto veloce, l'assistente di terra è molto gentile.

Daniel vuole superare il controllo passaporti ed andare nell'area degli imbarchi, è in anticipo ma non vuole fare code. Supera i controlli del bagaglio a mano e del passaporto, si siede in attesa dell'imbarco, su di una poltrona al gate. Manda un messaggio a Greta e suo Padre il volo è in orario, l'arrivo previsto è per le 16:00.

Chiamano l'imbarco del suo volo, il tempo scorre molto velocemente, lui ha comprato l'accesso in aereo prioritario. Aprono l'imbarco, Daniel è al 22 A ha scelto un posto lato corridoio.

Arriva al suo posto, ripone nella cappelliera il bagaglio a mano e lo zaino sotto il sedile. Dopo una ventina di minuti l'imbarco è terminato, l'aereo è pronto per partire. Il decollo è avvenuto in perfetto orario, il volo durerà circa nove ore.

Daniel prende il suo Taccuino Rosso, rilegge degli appunti, in alcune pagine ci sono anche dei disegni. Rileggendo quelle pagine rivive i momenti della vacanza in Italia, la ghost town di Apice, Vasto, le opere del Maestro Paladino, Firenze. Dal libro cade la foto con Michelle che ha sempre portato con se, e pensare che tra poche ore forse la rivedrà. Anche Mercedes è tra i suoi pensieri gli è dispiaciuto tantissimo lasciarla in quel modo, ma non c'erano alternative, spera che un giorno possa perdonarlo. Daniel si addormenta, praticamente la scorsa notte no ha chiuso occhio.

La hostess lo sveglia per servirgli il pranzo, sceglie il vegetariano. Il cibo è discreto, ma ha fame.

Guarda un film ed un documentario, poi si riaddormenta. Dopo diverse ore di volo, il comandante annuncia che atterreranno a Toronto tra circa 45 minuti.

Daniel è emozionato il suo anno sabatico termina nel migliore dei modi, rivedrà Michelle.

Atterraggio perfetto, Daniel si sente a casa. Inizia la procedura di sbarco, per fortuna c'è il braccio e si entra direttamente in aeroporto. Daniel accende il telefono, invia subito un messaggio a suo papà, "sono atterrato". Il messaggio è stato visualizzato. Daniel supera il controllo passaporti e si dirige al nastro per il ritiro bagagli. Arriva la sua valigia, la ritira e si dirige verso l'uscita. Si aprono le porte e li davanti tra la folla c'è Michelle, Daniel non crede ai suoi occhi! Michelle corre per abbracciarlo; è un abbraccio pieno di gioia, un abbraccio che ridà speranza, una felicità immensa. Si guardano negli occhi.

D: Michelle non c'è stato giorno che non ti abbia pensato, avrò rivisto le nostre foto migliaia di volte, non ci speravo più.

Michelle: Daniel, sei la prima persona che ho ricordato e la prima persona che volevo rivedere.

D: Non capisco.

Michelle: Poi ti racconto tutto, ora andiamo a casa. Si baciano, ed è un bacio che li riporta in un istante alla gioia di un tempo, richiamando il ricordo del loro immenso amore e del loro legame straordinario.

In aeroporto ci sono i genitori di Michelle ed il papà di Daniel. Il papà di Daniel tornerà in macchina con i genitori di Michelle. Mentre Daniel e Michelle torneranno in auto da soli.

Daniel si metterà alla guida.

Michelle e Daniel si tengono per mano Michelle è contentissima Daniel non riesce contenere la gioia.

Arrivano all'auto. Si baciano di nuovo.

D: Quante volte ho sognato di baciarti Michelle, mi sei mancata da morire, ho trascorso notti insonni e pieno di tristezza. Ma cosa è successo?

Michelle: Abbiamo avuto un incidente stradale e nell'incidente ho perso la memoria. Per fortuna, sono stata ritrovata da un popolo nomade che vive nella foresta, e sono stata curata nel loro villaggio. Degli altri della spedizione, non si hanno più notizie; credono che siano morti tutti. Forse io sono l'unica superstite. Il villaggio dove ho vissuto in questi ultimi due anni e mezzo, non ha nessun contatto con il mondo esterno. Ma il dramma è stato che non ricordavo nulla. Quando mi hanno ritrovata, non c'erano documenti, effetti personali, nulla. Quindi era impossibile capire chi fossi.

Durante le notti, sognavo stranezze, sogni privi di senso, ma tu eri sempre presente in qualche modo. Talvolta compariva la casa di Kleinburg, ma non riuscivo a mettere insieme i pezzi. Poi, per fortuna, a causa di un mal di denti, mi hanno portata da un medico di un altro villaggio. Questo medico mi ha preparato un medicamento con alcune erbe, e dopo averlo preso, mi sono ritornati in mente frammenti di ricordi e parte della memoria. Non capivo cosa stesse succedendo, ma stava cambiando qualcosa. Iniziavo a ricordare. Il primo nome che mi è tornato in mente è stato il tuo, Daniel. Vedevo anche il tuo volto nella mia mente e ricordavo il tuo modo di parlare, ma non riuscivo a collegare le informazioni. Successivamente, il "medico" ha capito che le erbe avevano riattivato parte della mia memoria. Dopo avermi fatto bere un altro preparato, ho iniziato a ricordare sempre di più, passo dopo passo. E ora sono qui con te! E non ti lascerò mai più. Questa brutta esperienza mi ha fatto capire ancora più profondamente quanto ti amo e che desidero condividere la mia vita con te, Daniel. Tu sei il mio angelo custode, la mia altra metà e la fonte della mia più grande gioia.

D: Michelle, ti amo.

Si baciano.

FINE

Ps: Forse questo libro è il Taccuino Rosso di Daniel. Questi numeri erano nel manoscritto, avranno un significato? Io non lo so, magari qualcuno di voi lo scoprirà.

3676 24722 873 6374 326435 742383 86 637724446 32 63723337 326435 2773886 86 2262466

RINGRAZIAMENTI:

Eleonora Orso, per i disegni, per la splendida copertina.

Matteo e Simone Gialletti e la loro azienda, per lo sviluppo digitale del libro.

Thanks to:

Per accedere al sito generale del progetto:

Printed in Great Britain
by Amazon